妒忌私家偵探社

Miss Doe Detective Agency

since 2010

妒忌私家偵探社

Miss Doe Detective Agency

since
2010

妒忌私家偵探社

Miss Doe Detective Agency

since

2010

妒忌私家偵探社

Miss Doe Detective Agency

since
2010

catch

catch your eyes；catch your heart；catch your mind……

catch 165
妒忌私家偵探社：鬼屋

作者：張妙如
責任編輯：繆沛倫
美術編輯：何萍萍
法律顧問：全理法律事務所董安丹律師
出版者：大塊文化出版股份有限公司
台北市105南京東路四段25號11樓
www.locuspublishing.com
讀者服務專線：0800-006689
TEL：(02) 87123898　FAX：(02) 87123897
郵撥帳號：18955675　戶名：大塊文化出版股份有限公司


總經銷：大和書報圖書股份有限公司
地址：台北縣五股工業區五工五路2號
TEL：(02) 89902588 (代表號)　FAX：(02) 22901658
製版：源耕印刷事業有限公司
初版一刷：2010年5月
定價：新台幣 200元

Printed in Taiwan

妒忌私家偵探社

# 鬼屋

張妙如 著

# 1

杜紀眞是不想出門！她實在不理解，明明待在家裡這麼舒服，不必化妝，不必與人競艷，可以穿寬鬆舒適的衣服和拖鞋，可以坐沒坐姿，一切都是這麼美好！爲什麼人們那麼喜歡往外跑？外面壞人那麼多！

「妳到底是要不要去？連這個也可以想這麼久嗎？」嚴不耐煩地問。

杜紀是一間私家偵探社的女老闆，三十出頭猶未婚，由於觀察力敏銳，口才反應力也不錯，所以也兼營算命事業，事實上，她發現自己愈來愈喜歡待在店裡幫人算命，所以不但店門外的算命招牌弄得比偵探社大，她還雇用了一位偵探助手——嚴，來幫她處理一些小雜案。嚴不久前才從國外留學歸國，因爲對偵探充滿浪漫的想像，也因爲家境富裕沒有經濟壓力，所以趁著準備繼續讀博士的空檔，不計低薪地來到這家偵探社上班。

「你剛剛說要去哪裡來著？」杜紀顯然還沒從白日夢中醒來。

「劉瑪莉的葬禮！告別式！」嚴用力地吼著，希望他的老闆能清醒些。

「劉瑪莉是誰？不認識！白包這樣亂炸的啊？去——」

「劉瑪莉是我們的客戶！正確地說，她的主人是我們的客戶！劉瑪莉是一隻母的紅貴賓狗！」

「什麼？有沒有搞錯啊？我杜紀孤單一身，上無父母下無子女，死了也沒人埋！而一隻狗還有告別式？我簡直是太可憐了啊！不——去——！」杜紀想了一想又說：「但你可以給她的家屬送份狗白包，櫃子裡還有一些狗點心，反正也快過期了。」

但這種事，嚴怎麼做得出來？他家教良好，自小一直應對進退得宜守分寸，死者雖是一條狗，但其家屬也是人啊！怎麼可以送狗點心代替白包？不過他也深知他老闆杜紀的小氣性格，是不可能從她那裡討到價的。想來想去，嚴也只好決定自掏腰包，唉！就當做是繳學費好了！

「不要說我沒告訴妳，劉瑪莉的家屬是個單身俊美男。」嚴說著，雖然這樣做不像他，不過，他還是想做最後一點掙扎，他眞的厭倦了這個歐巴桑造型的杜紀，杜紀完全可以很美的，如果她願意進入「外出用」狀態。

「俊美男？幾歲的人？」杜紀果然眼睛一亮，但她還是小心求證，如果對方是個二十幾歲的，那就算了吧！

「大概三、四十吧，我不是很會看。」神啊！請原諒我善意的謊言！嚴在心中告解著。

「告別式什麼時候？」

「這週六。」

「快！快給我幾張美容沙龍SPA券什麼的！我得立刻殺去重生！」

嚴家向來有許多達官貴人相爭進貢，所以經常有一大堆免費的優待券或折價券或各式門票，這一點對杜紀來說早已不是祕密，她也從不會不好意思開口。

接下來的兩天，杜紀忙著做臉做SPA、做全身保養美容，還向嚴要了百貨公司禮券去買了幾套新衣服，到了星期六，她已然脫胎換骨，那個歐巴桑杜紀的幽魂，已經完全被驅掉了。

既然是葬禮，杜紀當然就難得地穿得滿身黑，不過，該顯現的優美線條她可沒草率忽視。她和穿著黑西裝的嚴，準時地抵達了苦主位於中山北路的家。

發白帖子給商家，應該是算「公祭」了，但，苦主的家看起來卻極度冷清，事實上，除了杜紀和嚴之外，就只有苦主本人——劉昕，正對著一個小棺材、背對著他們，在那裡唸著往生咒。

感覺有人進屋，劉昕溫文儒雅地轉了身，的確是個相貌好看的男性，而且衣著顯然也很有品味，不過，任誰來看，都會斷定他不超過二十五歲！

「嚴——家——淦！如果他是三、四十，我就是人瑞了吧？你給我拿健保卡去看眼科！」杜紀一刻都沒忍就爆發，因爲她覺得嚴早就過度浪費了她的時間！嚴家淦並非嚴的名字，而是杜紀罵髒話時，有取諧音的謹慎習慣。

「劉先生，不好意思，這位是我的老闆杜紀。杜小姐，這位是我們的客戶劉昕。」嚴假裝一切沒事地介紹著彼此。

其實，劉昕臉色也沒比杜紀好看多少，今天這個告別式，除了嚴之外並沒有任何人被邀約，就是因爲他故意安排嚴和自己單獨相處的機會——他是Gay，打從見到嚴的第一眼，他就無法自拔地愛上他了，所以他前幾天在路上意外看見一隻被車撞倒的流浪狗，在狗斷氣的那一刻，牠才終於有了主人，他劉昕，領養了牠！並且，隨即爲牠著手籌畫一個告別式。沒想到，嚴人雖然是來了，卻也把老闆一起帶來。

「流星？什麼鬼名字！是個筆名吧？」杜紀毫不客氣地說，因爲她可以感覺到，眼前這個男的也對自己毫無善意。

「妳也不差啊，果然是個『妒忌』婦人。人如其名，一點不假！」劉昕優雅地一擺手，還對上帝翻了個眼。

但是杜紀可沒看錯，那神態、那手指的狀態，這個人是Gay來著。目標？當然不會是她！「我懶得跟著你這顆流星追逐嬉戲，倒是請你行行好，帶我們家的嚴去看眼科，就當作是我許願吧！」杜紀說完，隨即轉身想走人。

杜紀這樣做，卻讓劉昕突然對她友好感大增，這女人對嚴顯然沒興趣——不是敵人！而且，她竟然主動提供了他另一個和嚴相處的機會——是朋友！

「我說，妳都來了，不喝杯咖啡再走嗎？」劉昕伸出友誼的手。內心已經進展到「嚴的老闆就是他的老闆」的階段。

正在杜紀想回絕時，她眼角看到劉家客廳和廚房之間，站著一隻默默盯著她瞧的紅貴賓。「我的天！我看見鬼了！我的天眼開了！」隨後，她就尖叫連連地跑出劉家，腳上的高跟鞋完全沒有減慢她可參加奧運般優異的跑步速度。

即使是劉昕也要傻眼，這女人怕鬼怕成這樣，但是她沒昏倒（也沒假裝要昏倒）以博得嚴的安慰照顧，而是高調地逃跑了！

「抱歉，我大概忘了說，死亡的是我的次女劉珍妮，不是劉瑪莉……」劉昕對嚴解釋著，但心裡也同時想起另一個可行的計畫，如果杜紀是這樣好打發，他何不雇用這家偵探社，和嚴一起去探索「鬼屋」？這樣他又有更多機會和時間能和嚴在一起了！

「不必太介意，雖然我也是以爲死者是瑪莉，不過杜紀也實在太誇張了，逃得那麼不得體……我們才該道歉。」嚴是個挺重視禮儀規矩的人。

「我事實上還有個案子，想請貴公司幫忙。」劉昕開始撒出情網。

# 2

十年前，在天母地區有間位於七樓的華廈，約有三四十坪左右，屋主是一位老先生，他因爲罹患憂鬱症，最後在自家浴室裡上吊自殺。

因爲發生了這樣的事故，導致這間房子的房價跌了一半還無法脫手，老先生已移民的家人於是委託仲介公司將房子出租給他人，並且爲了躲避國人對凶宅的忌諱，先租給了一個在台工作的美國人——然而，奇怪的事發生了，這個美國人住了幾年之後，也同樣在浴室上吊自殺；之後，房子又租給了一位日本人，同樣的怪事再次發生了，這個日本人也一樣在那間屋內上吊自殺，同樣也在浴室！

這個故事曾經被媒體寫出，所以也有不少人知道天母有這麼一間似乎受到了詛咒的華夏房子。

現在，劉昕的父親就住在這間人稱鬼屋的房子裡。葉國強老先生是個有錢人，七十八歲，原本住在內湖，他的兩位夫人都過世了，他自己健康狀態不是很佳，本來就有很多大小毛病，一年前更開始需要每週去醫院洗腎，因此，輪流照顧他的兩個兒子、一個女兒，和兩個媳婦，爲了每個人往返自家的交通便利性，也爲了靠近醫院的地利，在半年多前租下了這間華夏，將葉老先生安置在那裡。

劉昕是葉老先生最小的兒子，和其他葉家子女不同的是，他是葉老先生的姨太太所生，幾年前和葉老先生鬧翻了，葉老聲稱他沒有這樣的兒子，也將他從遺囑中除名，所以他也疏離葉家、改從母姓，因而他並不在固定輪值照顧葉老之列，他只是偶爾想去探望父親時，或是偶爾自願幫忙時才會去。

「劉昕很擔心父親住在這樣一個鬼屋裡頭會不會影響健康，他現在要雇用我們去查這間房子是否眞的不乾淨，妳要不要接這個案子？」嚴解釋完來龍去脈後，問著杜紀。

「不要吧？我開天眼了耶，萬一眞的看到什麼了，我怕我人生從此會有陰影……」杜紀癟三地說。劉昕和父親鬧翻到這種程度，應該是因爲性向問題吧？她在心裡猜著。

「不就是因爲妳開天眼了，才更容易查出眞假嗎？」嚴懶得向杜紀解釋劉瑪莉的事，他只希望杜紀能趕快接一些偵探工作，雖然不是兇殺案，但起碼比找貓狗、找逃家的青少年，這案子有意思多了。

「說得也是，如果順利又幸運的話，其實我只要看一眼就能解決了，我對自己的跑步還算有信心，大不了再度沒有明天地拔腿狂奔就是……」杜紀回答著，但感覺更像是對她自己說。

「太好了！我立刻連絡劉昕！請他安排我們去那間房子看看。」嚴興奮地說。

幾天後，這是劉昕和他二嫂商量之後，幫她代班照顧劉老先生的日子，所以他也安排了那一晚讓杜紀和嚴過來，直接在那華廈房子裡碰面。

「眞的有必要在這住一晚嗎？」杜紀站在華廈外往上看，憂心地問著。

「當然有必要！如果有阿飄，應該是在半夜才會出現吧？不過如果妳提前看到，我們當然可以隨時走人。」嚴回答著。坦白說，嚴的心情很好，因爲現在是傍晚六點，算是下班了，所以他又爭取到不必穿杜紀買的廉價制服的機會，而這種奇怪的鬼屋探險，也讓他感覺好像是要去郊遊露營——和杜紀不一樣，他是不相信鬼的。而杜紀也因爲嚴不用穿制服，再加上劉昕也是個善於打扮的孔雀，她的競艷心又使得她不得不維持「外出用」的好美麗狀態——這一點最令嚴高興。

另一位也很高興的人當然是劉昕，今天終於能和嚴「一起睡在同一個屋簷下」，讓他興奮到從昨晚就睡不著！今天一早他就殺去市場買菜，決定要爲嚴煮個愛的晚餐，買完菜後，他急急忙忙地趕到天母，將這些食材都放進冰箱後，爽利地帶著老爸去醫院洗腎，然後又趁老爸午睡時，火速地趕回中山北路住處洗了個澡，細心地化了點幾乎看不太出來的妝，換上昨晚預先搭配好的衣服，餵了瑪莉，然後提著昨晚早就打包好的過夜衣物用品，兩瓶精選的紅酒，再次奔回天母。

抵達後，他立刻就投身於料裡的準備工作，他的廚藝沒話說，爲了幫心愛的人煮菜，讓他們被伺候得很舒服，他老早就練就一身好功夫，沒有幾個現代女性比得過他。

所以當嚴和杜紀進到屋內後，兩個人都非常驚喜，尤其是杜紀，這個擺滿餐盤酒杯，還點上蠟燭、鮮花相伴的用餐區，完全不亞於高級西餐廳，讓她忘了自己是在一間鬼屋！

「這些都是你做的嗎？流星，你實在太強了！我沒見過比你更賢慧的人！」杜紀忘情地讚嘆著，畢竟她就是個只會煮泡麵的現代女性之一，「而且你身上這件衣服好好看喔！哪裡找的啊？橘子園裡的橘子也沒你鮮！」杜紀眞心讚美著。

「妳也不差啊！看妳這雙腿，簡直教人忌妒死了！」劉昕被稱讚得心花怒放，所以也不吝回饋一些好話，雖然今天杜紀只是穿牛仔褲——爲了跑路方便。然而，她確實有個滿適合牛仔褲的好身材。

嚴有點傻眼，這兩個人上一次還在那裡無禮互酸，這一次竟然氣氛融洽？他一向不是太喜歡男人對著「外出用」的杜紀的身體猛瞧，然而今天他卻也沒有生氣的感覺，難道是因爲杜紀穿牛仔褲？他比較喜歡女人穿裙子。

「要開飯了嗎？肚子餓了沒？」劉昕滿意喜悅並期待地問著客人。

「我已經聞到食物的香味了，不餓也不行了！」嚴誠心地說。

劉昕已經快樂得內爆了——嚴誇讚他的菜香！他幾乎要難以喘息了，這是個好的開始！他對自己肯定著，很快轉身，含羞帶喜地欲往廚房方向而去。

杜紀先前在偵探社又酗了太多咖啡，利尿的感覺又來襲，她急忙攔住劉昕，問了洗手間位置，完全忘記鬼屋的事，逕自前往洗手間。

然而，才剛轉角還沒走到洗手間，她就已經在走道上看見盡頭處的浴室裡頭有一具人形吊在半空中飄！

「鬼——鬼啊——！」一邊忘情忘我地尖叫，她已一邊飆腿奪門而去了。

# 3

「杜小姐，我再耐心問妳一次，屍體是妳第一個發現的？」一位有著啤酒肚的員警問著。

「我也再耐心回答你一次，我沒發現什麼屍體！我是天眼開了，見鬼了！我知道平常的人看不見，這不怪你……」杜紀無奈地回答。

那警員實在是不知該哭還該笑，這女人嚇傻了嗎？爲何一直堅持她自己是看見鬼？他決定對她透露一些案情。「聽著，這世界是沒有鬼的，妳看到的並不是鬼屋傳聞中的幽靈或鬼，而是葉老先生的屍體！他上吊死了。」

杜紀愣了一下，但緊接著又說：「沒錯吧，就是鬼把他抓去了！是什麼時候的事？」

「就妳在場時的事啊！妳不會是要告訴我，妳親眼看見屍體旁還有其他鬼魂在徘徊？」

「是沒有……」

「很好，妳的員工和委託人告訴我，他們聽到妳尖叫離去，所以都往浴室去查看究竟是發生了什麼事，當然也緊接著就發現葉老先生吊在浴室門上，因此，妳應該是發現屍體的第一個人，這樣沒錯吧？」

「我不認識、也從沒見過葉老先生，我怎麼知道我看見的是他還是鬼？」杜紀還堅持著，眞的！誰知道？

「那妳還記得妳看見的那個人或鬼的樣貌嗎？」那警員翻開

一個檔案夾，一副要拿出照片的樣子。

「等等！你不會要我看屍體的照片吧？」杜紀緊張地問，雖然屍體不是沒見過，但若非必要，她還是敬謝不敏。

「不是，是讓妳看葉老先生生前的照片。不要緊張。」

杜紀接過照片，看了一眼，立刻鬆了口氣，「是他沒錯，原來我不是看到鬼！謝天謝地！」

問了這麼久才進入狀況，那名警員才想謝天地！「妳看見屍體時，沒有破壞了現場吧？」

「我連靠近都沒靠近，遠遠地就看到了！節省你我的時間，我視力非常良好，觀察力也過人，所以記得臉孔。」杜紀說完也不耐煩起來，她反問：「只是一個自殺案，有必要問那麼多話嗎？」

倒不是杜紀認爲這件事全無可疑之處，而是這並不是她的工作——她接的案子並不是調查死因，只是調查鬼屋是否能安居，所以她並不關心這是自殺或其他跟受理業務無關的瑣事。

「按照慣例，我們必須排除任何疑點。妳和死者兒子劉昕熟識嗎？」警員問。

「不是那麼熟，他委託我們去調查那間鬼屋是否安全，他擔心他爸住在那裡是否會影響健康。而我們會去那裡，當然是準備要工作，沒想到才剛上工人就死了，我們自然就不必再查了。」

「你們在那裡時，都沒聽到什麼動靜嗎？」警員問著，雖然法醫初步判斷，早在杜紀發現屍體之前，葉老先生就已經死亡了一陣子了，但他們還是謹慎地求證，不錯過任何可能線索。

「沒有啊，我們抵達沒多久，不到十分鐘吧，我就已經往洗手間走去了，而在那之前完全沒有聽見什麼不尋常的聲音。」

那警員想了一想，似乎覺得並沒有什麼可疑之處，再次重複了幾次先前問過的問題，就將杜紀放了。

嚴自然也被叫去警局問話，因爲打電話報案的是他。

而劉昕的麻煩比較多一些，因爲這天是他代班要照顧父親的，而他竟然連父親什麼時候上吊的都不知道。

「我爲了招待客人，所以確實有回我的住處去拿一些東西再回來，因爲我看我爸當時在睡覺，應該一時不需要我……我大概離開了三四個小時吧，我眞的不知道我爸是什麼時候上吊的！」劉昕向警員解釋著自己的行蹤。

「劉先生，你回去是做了些什麼事？爲何需要用到三四個小時？」

「我洗了個澡，因爲我有一點潔癖——才剛從醫院出來嘛！我還要餵我的狗、帶她出去解放，還要打包外宿的行李，所以耗了一些時間。」劉昕當然絕不會說出，自己是在爲愛人精心打扮。

「你從你住處返回天母之後，爲什麼沒有先去查一下你爸是否醒了？」

「我說過了啊，我有客人要招待嘛，一回到天母我就開始煮飯，還稍微打掃了一下客廳，我爸雖然行動沒有十分靈活，但是他還是可以自主走動，也不是啞巴，我以爲若有事他會主動喊我嘛！所以就沒有注意那麼多！」事實上，他當時只想著嚴，幾乎完全把葉老先生忘記了。

「你這段時間難道完全都沒用到浴室嗎？沒有去上廁所什麼的嗎？」

「沒有，我確實沒有用到浴室，所以才一直什麼都沒發現。」

「你回來之後，有沒有發現任何可疑的事？例如大門沒鎖，有人進來過之類的？」

「沒有耶，回來時大門當然還是鎖著的，我離去之前也有鎖好，我當然有那裡的鑰匙，我回來後用鑰匙開門進屋，當時並沒有注意到有任何不對勁的地方……」劉昕想了一想，又補充，「可是那裡畢竟不是我自己的住處，我也不是經常性地去照顧父親，如果只是一些小變動，我可能不會發現。」

「你回到天母後，在你煮飯、打掃的這段期間，有沒有聽到任何奇怪的聲音或動靜？」

「不記得有……所以我才一直以爲我爸還在睡覺。」

「他平常白天有睡那麼久嗎？從你們離開醫院到家後，大約是下午一點左右，一直睡到下午六點？你難道不覺得他也睡太久了嗎？」

「我常聽我兄姊嫂嫂們說，老頭有失眠的毛病，經常晚上睡不著、白天昏昏欲睡，所以他有吃安眠藥的習慣，而且是隨他高興的時間吃，我以爲他又吃了安眠藥嘛……」劉昕回答著，雖然感到一絲愧疚，不過很快就遺忘了，他老頭反正對他也很無情。

「你之前說你自願幫你二嫂代班，主要就是要讓私家偵探去看房子，但我感覺你並不是那麼關心葉老先生的人，這點你怎麼解釋？」

喔！煩耶！劉昕心中嘀咕著，他總不能隨便向一個警察告解自己是Gay，而且是爲了製造和心愛的人的相處機會，才如此大費周章！結果沒想到，杜紀雖然如他願地逃走了，但他們連晚餐都還沒吃到，老頭竟然就被發現上吊了，他所有的苦心完全白費！他實在是恨死了這老頭，連死都要和他作對！

「我不過就是貪玩好奇而已嘛！這間房子是著名的凶宅，你也知道，之前已有三個人同樣都自殺死在那裡，誰沒好奇心呢？誰不想知道究竟有沒有冤魂在那裡抓替死鬼？我只是個閒人，剛好認識偵探社的人，所以找他們一起來探索而已嘛！」這是劉昕認爲自己能給的最佳答案了。

那警員並不是非常相信他，可是這案件目前看來也無可疑之處，該確認的都確認了，他自己也覺得應該夠了，所以他說：「好吧，你可以走了，如果還有什麼疑問，我們警方會再連絡你。或是你突然想起什麼可疑的，也可以主動向我們報告。」

劉昕在回家的路上很不快樂，老頭現在死了，已經沒有藉口要嚴他們繼續調查房子鬧鬼的事。唉！爲什麼他的情路這麼不順？難道他和嚴眞的那麼沒緣分嗎……

不可以！神也好鬼也好，沒有人可以澆熄、阻擋他對嚴這顆熾熱的心！尤其是他老頭至死都還像是和他作對，他絕不容許！

「對了！我乾脆假裝懷疑老頭的死因，再雇用嚴他們繼續調查！」他愈想愈興奮，這是個好點子！也是讓老頭反過來幫他的好方法——人死後就由不得他說不了！太爽了，這實在是太兩全其美了！

所以他勉強睡了一晚，隔天一早就忍不住打電話給嚴，嚴則建議他本人來一趟偵探社，大家一起談比較好。嚴聽起來語氣非常高興（當然是因爲又可以做些眞正的偵探工作，而且不必看歐巴桑杜紀熱衷算命），劉昕卻自我陶醉地認爲，這一定是嚴也對他也有那麼一點點好感吧？

杜紀結屎面——嚴通知他劉昕有案子要拜託，人會過來面談，所以她只好立刻奔回房間內變裝，這是第一點使她不高興的；第二點，白痴都看得出劉昕實在太閒了，故意沒事找事！雖然她對同性戀完全沒意見，可是她眞的對鬼屋很恐懼，再這樣練跑下去，她應該可以破格去參加奧運！

「據我所知，你是葉老先生遺囑中無名的，如果這眞是兇殺的話，我也不會懷疑你，問題是，你有錢這樣玩嗎？我這裡可不是開救濟院的。」杜紀現實地說。

「天！談錢眞是傷感情！我以爲我們是朋友，至少也有優惠價吧？」劉昕不滿地說，「而且妳這是什麼店啊？多久沒打掃了？」他嫌惡又害怕地摸著有一點灰的會議桌。

「抱歉，清理會議室應該是我的責任……」嚴打圓場地說，這倒是眞的，他和杜紀約好，他負責維護店面和會議室的整潔，杜紀則負責茶水間和廁所。

「喔，也不是眞的那麼髒啦，小嚴你如果太忙，我是可以幫你的！朋友嘛，互相照顧是很好的。」劉昕對嚴認眞地說著。

「而我負責的區域是茶水間和廁所，謝謝你，朋友——」杜紀說。

「那就是有朋友價囉？」劉昕問。事實上如果偵探社要徵清潔員，他會十分願意來上班！

「我還沒答應要接這個案子！而且我聽警方說，好像要用自殺結案了，如果警方決定收手，我恐怕也很難找到什麼證據證明葉老先生是他殺，我們又沒有人手或權力可以驗屍。」

「我是家屬之一，我應該有權要求驗屍吧？如果我懷疑我爸死因不單純，難道我不能追究？」劉昕說，「你們看不出來嗎？把一個人安置在一間連續發生三起自殺事件的凶宅，再發生第四起時，大家只會認定這房子真的鬧鬼不乾淨，其他就不會多想，難道這不是個很棒的殺人點子？」

「我也有朝這方向想過，這確實是個不錯的計畫，尤其這些人大概都一直等著葉老先生的財產吧？你爸真的那麼絕，完全沒留什麼給你嗎？」杜紀問。

「喔，別提那個死老頭了，我早就對他死心了！妳說得一點也不錯，大家都在等他死，好趕快得到遺產，我一點也不訝異如果有人等不下去而殺了他，我們大家都很恨他，儘管原因不一樣。」

「說出來聽聽。」杜紀問。

「詳情我也不是很清楚。」

「什麼？你不清楚？那剛剛你說的那些是怎樣，你內心的想像和期待？」

「喔，我的意思是說，我知道的那些都是我媽以前告訴我的，我和我的兄姊們從來沒住在一起過，大家只是認識也不親，我媽說的那些我也沒有很認眞在記，哪個故事是誰主演的，我恐怕不清楚。所以故事是聽過一些，不過都是殘破版本囉。」

「好吧，那說出來『參考看看』。」

「嗯，我聽說，不知道是我的哪個嫂嫂被我老爸性侵過，還生下一個孩子；又聽說我姊從小被我爸當嗜好來打，一直打到她二十歲，因爲我爸有很嚴重的重男輕女傾向，不太看得起女人；

不知是我哪個哥哥，十歲就被帶去破處男，導致後來有點性無能；大媽早死，五十多歲就腸胃癌去世了，重點是聽說她過世前，我爸不知何故不讓她化療，這當然導致所有的孩子都恨他。」

「我的天，你爸根本就是鬼！難怪他的小孩把他送去鬼屋住，世界上有比那間屋子更適合他的嗎？」杜紀心有餘悸地說，這故事簡直讓她省下八卦雜誌的錢！「你呢？你爸有沒有給你什麼特別教育還補習的？」杜紀會這樣問，當然是懷疑劉昕也受過傷，所以才會變成Gay。

「我還好，我和我媽沒和他們住，雖然我記憶中爸爸也沒有比較慈愛，不過大概是因爲我們是二房，反而比較幸運，能躲過這些『關注』。」

「嗯，聽起來是得恭喜你。但你大媽死後，難道你生母沒有變成下一個替代品？」

「我媽堅持和我兩人獨居，所以被他痛毆了好幾次，都是我去報的警，後來我們還去申請了保護令，禁止我爸接近我們，不過大概也是處理得太慢，拖得太久，我媽大概早已憂鬱成疾，五年前就病倒，然後過世了……」劉昕說著紅了眼眶，「不過我一直是相信我們母子受的苦，絕對比大媽家的親人少很多了，我媽死前也是這樣說的。」

「抱歉……讓嚴泡杯咖啡給你吧。」杜紀對嚴使了使眼色，嚴立刻跑去煮咖啡。

等嚴為劉昕端來咖啡後，劉昕心情果然好很多，愛人的咖啡是有這樣的魔力，能治百病。

「這樣你還要喊冤嗎？我的意思是，如果真的有人殺了你爸，那種心情也應該是能理解的吧，不管是為錢為仇，我覺得他們好像都該得到這些補償。」杜紀說。

「那我咧？我可沒得到他一分財產啊！」——也沒得到任何好處！他心裡想著。劉昕顯然復活了許多，他老爸的死，起碼應該爲他和嚴之間，搭起友誼的橋樑。

「他們大家分到很多嗎？有沒有誰分得特別多？」

「妳以爲大家怎麼會甘心輪流去照顧那個死老頭？我聽說他把所有財產平均分成五等份，每個去照顧他的人，待他死後都有一份，不過他死之前，誰也別想得事先到任何好處！他還常常對照顧他不週的人威脅說要改遺囑，所以人人只好都盡心盡力地照顧他。聽說每個人大概都可分個兩三千萬吧，能說不好賺嗎？」

「哇，眞是個惡魔！」杜紀說，「你還滿聰明嘛，提早和他脫離關係！」

「坦白說我還有點後悔呢，如果加入我，一個人大概也還能分到兩千萬左右，兩千萬的遺產確實讓我有後悔……我覺得我很笨，畢竟老頭也衰老虛弱了，還有多少能耐能欺負人？忍一忍也就過了。」

如果你有兩千萬，我也一定立刻接下這個案子！杜紀心裡想著。「你現在靠什麼生活？還是得問一下。」

「喔，我是個鞋子設計師，我媽死的時候也有留一些資產給我啦……」劉昕不好意思地說。

「鞋子設計師？那你今天星期一不用上班嗎？」

「喔，我請喪假，而且我也還有年假還沒休完。」

喪假？請得還眞快，老頭都還沒開始辦喪事呢！杜紀想著。

「好吧，你反正是有固定收入的人，就接你這個案子吧，但你要趕快去找警方要求要驗屍。」

但是劉昕這樣一吵，讓所有葉家的人都開始恨他了，幾乎人人都拒絕再和他說話。這他當然也不介意，只要他能和嚴在一起，所有的人都比不上嚴一個。

而驗屍報告的結果是，葉國強老先生體內有不少劑量的安眠藥，於是警方也開始懷疑，因爲一個已吃了安眠藥的人怎麼還可能清醒著，甚至自己去上吊？

葉家兒女媳婦們紛紛解釋，老人家長期服用一種名爲史蒂諾斯的處方安眠藥，早已產生抗藥性，有時吃了不但不會睡，還精神亢奮地找人一直閒聊，甚至還出現類似夢遊之類的現象，不知道自己在做什麼！由於指證歷歷，醫生也證實國內外服用這種史蒂諾斯安眠藥的人，確實有不少人產生類似這樣的副作用，有些人一次吃了十幾顆照樣睡不著，對自己的安危不能控制，所以整個案子最後還是維持以自殺結案。

雖然本案平靜落幕，但葉家人還是拒絕再和劉昕有任何聯絡往來。

「現在怎麼辦？劉昕已經成爲葉家的拒絕往來戶，根本問不到什麼當天的狀況，沒有人想和他說話。」嚴問著。

「那你們就只好想辦法去問鄰居了。看看有沒有人在葉老先生死亡當天，劉昕回自己住處的那段期間，看見過誰或什麼異常情況，或者有沒有誰聽到什麼異常的聲音。」杜紀說。

「『你們』？那妳要做什麼？」

「我不幸和警方有相同感覺，或許這個案子眞的是自殺，不過，如果『你們』能找到鄰居或路人證明葉家有任何人曾經在案發當天來到天母鬼屋，或許『我們』就有辦法繼續查下去。」杜紀說。

「還有，葉家人要把天母的房子退租了，劉昕將鑰匙還給他二嫂前偷偷複製了一副，他希望我們再找時間一起去看看現場，說不定能找到一些線索。」嚴小心地說，他心中期待著這個案子能繼續。

「雖然我很不喜歡去那間鬼屋，不過如果葉家眞的要退租了，我們確實最好趕快去看看！」杜紀眞誠回答。

嚴很高興她說『我們』，至少，這表示案子還沒立刻要結束。

# 4

葉家人的動作眞快，才沒幾會兒工夫，「鬼屋」已經被淸得空空蕩蕩了，現在看起來，倒眞的有一種鬧鬼的氣氛。

儘管是這樣，劉昕還是堅持浪漫晚餐——他稍早在自己的住處就把晚餐煮好了，用了好幾個微波耐熱盒分裝，還不辭勞苦地自己背來一台微波爐。

「連餐桌椅都搬走了！我的燭光要擺在哪裡閃？」他在那裡哭叫著，手上還拿著一塊燙得工整的桌布，不知所措。

對於他的決心，杜紀也很動容，她突然覺得，如果自己是男人，能被這樣一個Gay愛著，應該會非常幸福。什麼東西都有人伺候得好好的，人生十分享受。不過現在她當然有點同情劉昕，萬事具備，只欠桌椅。

「你老頭生前睡的那張床還在耶，你要不要用床來代替桌子？我們大家可以席地而坐。」杜紀同情地建議。

「妳——瘋——了！他們之所以沒把床搬走，就是因為有忌諱，死人的床耶！怎麼可以用來吃飯？」劉昕一邊誇張地說著，一邊不可思議地看著杜紀。

「你老頭是在浴室吊死的，又不是死在那張床上！我看不出床上有什麼冤魂流連。」杜紀說。

嚴和劉昕則是很有默契地，各自持各自的理由，仍然未把劉瑪莉的事說出來。

「我看我們就當作鋪毯子在草地上野餐吧，直接把桌巾鋪在地上，這樣就不必用桌子了。」嚴建議。

儘管這是嚴的建議，劉昕還是不滿意——男人懂什麼？就是因爲不懂，才需要他來安排和服務，而這也是他的價值所在，不是嗎？「隨便」這種事，一般人就做得來了，根本不需要他出馬。

杜紀看不下去了，「聽著！這房子已經搬空了，也沒多少線索可查了，我覺得今晚完全沒有必要留宿在這裡！不如我們現在趕快開始工作，趕快把房子檢查一遍，等一會兒再回偵探社吃劉昕的燭光晚餐！這樣如何？」她看著劉昕又說，「我的會議室桌椅應該還不差吧？」

「好主意，等一下肚子更餓時，應該會更有食慾，反正現在也還算早。」嚴同意地說。

劉昕這次也沒意見了，反正他有帶微波爐，就是爲了加熱食物用的。本來他是希望能趁此和嚴「睡在同一屋簷下」的，然而，現在屋內的家具都被搬光光了，連其他房間的床也全都搬走了，自然沒有必要堅持了。來日方長，慢慢來吧，他強烈遺憾地告訴自己。

「嚴，我要先去查看浴室，不過我有點害怕，可不可以麻煩你跟我一起來？」杜紀問。

「好！我們一起去！」回答的卻是劉昕，他可不想要杜紀因爲害怕，而不小心順口吃到嚴的豆腐，就算明知他們兩人之間一點都不來電，也不想讓他們有機會肢體碰觸——所謂的「沒有感情的佔有」也不行。

還好還沒看見鬼！杜紀心中想著，她仔細快速地把浴室看了一遍。

「喂！天花板那個勾勾是新裝的吧？應該是葉老先生上吊用的！」杜紀說。

「不見得吧？之前上吊的那些人，應該也要有東西可以吊，不然是要掛在哪裡？」嚴說著，也掃視了浴室一圈，並沒有看見其它可能用來上吊的地點。

「不！這個掛勾是新裝的，你看地上還有鑽孔留下來的水泥砂屑！我不相信這些砂屑會在這裡陳年地躺著！」杜紀指著地板角落不是太顯眼的少許的砂屑，「而且我敢打賭，每次仲介在把房子租出去之前，一定會先處理掉以前的勾子之類的雜物，不可能一直留在這裡。」

「眞的耶！我有潔癖，我最討厭骯髒的廁所，我敢說，廁所以前沒有這些砂！」劉昕說著。

「你事發當天不是沒用過廁所？」杜紀尖銳地問。

「我是『從我住處回到這裡後』沒有用過廁所，不過當天一點左右和我老爸從醫院回來的時候我有用過啊，又不是仙，都不用解放的嗎?」
「當時你確定沒有看見這些砂屑?」
「非常確定!要不然在你們當天要來之前,我連廁所都會掃過一遍。就是因爲我用廁所的當時,覺得它還很乾淨,不需要怎麼清潔。」
「嗯,如果是有人在你回住處這段期間來鑽洞上掛勾,或是葉老先生自己鑽的,應該會有鄰居聽到鑽孔聲吧!值得去打聽一下。」杜紀一邊說著,一邊望著天花板這個勾子,「我想找找上面有無指紋……」
「怎麼找?指紋用看的又看不出來。」嚴說。
「我當然有工具,但是我太矮了,你雖然高,但也還不夠,一定要找個椅子什麼的才行。」
「這裡已經什麼都沒有了,只剩一張床而已,床又搬不進來。」

劉昕說著風涼話，他實在沒有很大的興趣探案，只想趕快燭光晚餐，讓嚴見識他的實力。

「我還算輕盈，嚴，你應該能把我舉上去吧？」杜紀問。舉上去？那不就和嚴有肌膚之親了？這樣就是沒有感情的佔有！怎麼可以？劉昕在心中尖叫著！「我來吧！我可以當馬給妳騎！」他委屈地決定自我犧牲。

杜紀騎在劉昕肩上，嚴在旁邊也隨時支持著她的平衡，她在天花板勾子及附近，以及任何可能手扶借力的地方，都上了探測指紋的粉末，用駝毛柄在那輕輕細刷。

完全找不到任何一枚指紋。

「誰來告訴我，一個要自殺的人會想要把自己留下的指紋都擦抹掉？而一個要打掃退租的人家，也會注意到要清潔高處的天花板？這太不自然了！」杜紀說。

「那眞的是兇殺了？」嚴興奮地問。

「可疑度大大地提高了！告訴我，流星！潔癖如你，你也會去清理天花板嗎？」杜紀做了個市調。

「大掃除就會，但我不覺得我會清潔到那麼仔細的地步，頂多就是把燈罩什麼的拔下來洗一洗，把高處的蜘蛛絲弄下來……應該還不至於會一吋一吋地擦抹。」

「沒錯，但是你看，這裡天花板的燈罩是緊貼著天花板的，罩子上的灰並沒有清潔過，那一邊的高處牆上也確實有條很小的蜘蛛絲，不過一區的天花板和勾子卻抹得這麼乾淨！這些牆全是鋪瓷磚的，而這掛勾又很靠近這面牆壁，應該是很容易採到指紋的！連我剛剛上粉都需要用手頂住來平衡，轉入掛勾的人，應該要扶住這片牆才能施力才對。」杜紀當然是戴上薄膜手套作業。

「那我們現在怎麼辦？報警嗎？」嚴問，報警似乎成爲他的新嗜好。

「我們恐怕需要更多的證據，要不然警察不會再理我們。」杜紀答，「先拍一拍照，再把地上這些水泥粉屑收集起來，明天先去仲介那裡問問，看他們打算怎麼處理這房子，再來應變做決定。」

接下來他們又在鬼屋其他地方都搜查過一遍，沒再發現任何可疑事物，也沒花很多時間，畢竟整個房子都是空的，除了葉老先生那張床之外，也沒其他家具了。

如果，人在飽餐一頓之後，能穿上寬鬆自在的衣服，倒在床上或地下打滾伸懶腰，放放屁，甚至不小心睡去，該是多麼幸福！杜紀想著。

但是她現在卻還是得穿著「外出用」配備，應付著兩個比她年輕又貌美的男性，頂多只能坐沒坐相，這眞是今晚這一餐最大的遺憾啊！——尤其現在她的緊身褲的腰頭，更緊緊地勒著肚皮不放，她感到連呼吸都要小心內斂，否則一旦褲子爆開，就是浪費一筆錢了，啊！這實在太不痛快了啊！爲什麼這兩個人吃飽了閒著還不回去？有什麼事那麼好聊的？

「挪威人住在藍色屋子隔壁，德國人……這謎題實在太難了！」嚴說著，「有可能解答得出來嗎？」

「有啊，人家愛因斯坦就能很快說出答案。」劉昕對著嚴說，眼神盡是無限愛意與期待。

搞什麼？兩人竟然在那裡猜謎題？杜紀完全無心加入他們的遊戲，而且非常厭煩。白白吃了人家豐盛的一餐，使得她還有一些忌諱沒立刻逐客，但是如果現在是要猜謎題討論大會，那就是另外一回事了，吃飽了腦袋應該要放空，這才是人性！去和愛因斯坦比高下，是自殘！

「咳！……喂，別抽菸啊！臭死了！咳……」劉昕抗議著。

這就是我的菸燻逐客法！杜紀在心裡說著，「喔——拜託，難不成我這裡是禁菸餐廳嗎？」她懶懶地說。

但，劉昕竟然從自己的袋子拿出一罐空氣清香劑來猛噴！

「靠——山水的！你小叮噹啊？連這個玩意都有帶！」杜紀驚嘆地說，讚賞多於指責。

「抽菸對妳的皮膚不好！妳爲什麼要這麼冒險？」

起碼他不是說抽菸會得癌！杜紀覺得他那樣說還算有禮貌，

「放心，我有在存拉皮的錢！不必爲我哭泣。倒是現在也不早了，你們不用睡美容覺嗎？」

「說得也是，明天還要上班呢。」嚴看著手錶說。

劉昕顯然有點失望，他不甘心地問：「那你們明天要幹嘛？」

「明天我要去和仲介做個朋友，你如果沒事幹，可以和嚴一起去問問鬼屋的鄰居，看看他們是否曾看見過你的家人在案發當天來過，或是他們曾經聽到過什麼聲音。」

劉昕心情又亮了起來，立刻抓住杜紀丟過來的機會！「沒問題！你們幾點上班？要不要吃早餐？」

「喔？早餐？你的服務可眞周到！」杜紀高興得滿眼星光，這可眞是意外的享受啊！

但是劉昕忙著問嚴對早餐的喜好，完全不在意杜紀的反應和表情，「我……我和嚴一樣的就可以了……」她卑微地說，只求不要被除名就好，但，看來還是沒有人理她。

還好，隔天早上杜紀還是有分到一份吐司夾蛋，和一小份水果，她滿意地吃著夾蛋三明治，嫌惡地把水果推開，「噁——這給豬吃就可以了。」

正在吃水果的嚴，立刻停了下來，「難怪人家說豬其實很聰明。」他嘴巴雖這樣自衛，心裡還是不太快樂。

「難怪妳會老！就是因爲妳不吃水果！」劉昕冷淡地批評指教著。

杜紀挑了一小顆草莓勉強吞下去，「怎樣？我現在看起來有變成少女了嗎？我不是變老，而是本來年紀就比你們大！」

但是劉昕已經懶得理她了，他和嚴正熱烈地討論，等一下要怎麼去訪問鬼屋鄰居。杜紀突然覺得自己眞的很老，很孤單！她也想要春天啊！她在內心呼喊著。

吃過早餐後，她騎著她的小綿羊，來到房屋仲介公司。

「你好，我姓杜，我想找負責出租天母華廈的人。」她禮貌地問。

不多久，一位長相很性格、滿臉鬍渣卻不邋遢的先生走出來，

「敝姓李，聽說您在詢問天母華廈的租屋？」他遞出一張名片，上面的名字是：李文生。

「是的，李先生，不知您有沒有時間，可不可以打擾你半小時，我請你喝咖啡？」李文生是杜紀的喜好類型。

「怎麼可以讓這麼美麗的小姐請客？走吧！我們對面剛好有一家不錯的咖啡館，我們談公事當然就報公帳！」李文生爽朗地說，完全不介意公司的同事會聽見。杜紀對他的好感因而又增加好幾分。

杜紀原始的計畫是要假裝對那間鬼屋有興趣，以準房客之姿來詢問鬼屋的訊息，然而，她現在改變主意了，她決定老老實實地和李文生做個朋友。所以等咖啡上桌後，她就先進入主題。

「我事實上是個私家偵探，我受客戶委託，調查葉老先生的死因，所以我想問你關於那間房子的事。」杜紀遞上自己的名片，她突然很慶幸，自己家的名片上面並沒有印著任何關於『算命』的字眼！

「妳不會是記者吧？何不老實說？」李文生摸著自己下巴的鬍渣說著，私家偵探？台灣眞有這種職業嗎？如果有，應該也是猥瑣的中年男人做的，他想。

沒想到誠實還反而被懷疑，杜紀眞是覺得哭笑不得。如果眼前是個普通人，她大概火氣早就爆發了，不過，現在這個鬍子男是自己的偏愛類型，而且他的年紀應該也不和自己差太多，所以她淑女地說：「好吧，我允許你把我當想租屋的房客，但我眞的不是記者。」

「那裡不是妳該住的地方，雖然房租很便宜。」李文生說。

「是因爲你相信它鬧鬼？」

「都已經死四個人了，不值得冒險。妳怎麼知道這房子要出租？訊息還沒登出來呢，前一個房客才剛退租而已，我們都還沒去整理。」

「我都已經提及葉老先生了，當然知道他才剛往生不久，也知道他家屬才剛退租，自然房子不是繼續租人就是要賣，我擔心警方日後要查的話，現場已被破壞，昨晚才去那裡找了一些線索，想請問貴公司作業時間是怎樣，會很快去清理房子嗎？如果會，我不排除直接租下來，當然我並不會眞的去住，只請你們暫時不要去動它。」杜紀解釋。

「嗯，我開始相信妳是私家偵探了……妳是找到什麼線索？妳又怎麼會有房子的鑰匙？如果我沒記錯，葉家人已經把全部鑰匙都還給我了。」

杜紀臉微微一紅，「葉老還有個二房，是二房的兒子雇用我調查的，鑰匙當然是他偷偷去複製的。」她毫不猶豫地出賣了劉昕。

「喔，我們發現浴室天花板上新鑽的洞，用來固定上吊繩子用的，那裡本來應該沒有洞吧？」杜紀又補充說明。

「聽起來很有意思，老實說，我們每次將房子租出去之前，當然都會做過整理，第一次，也就是房屋擁有人自殺後，我們甚至依照其家屬委託，把整個浴室都打掉重做——最早以前的浴室內有個淋浴間，原屋主就是在淋浴間的門框上上吊的。之後浴室就改爲浴缸，而且沒有任何門簾，沒想到第二個房客還是在吊燈上找到吊繩處！所以第二次我們又把燈具改成無縫貼壁式。但第三個房客死意更堅，他直接將繩子綁在浴室門把，然後把繩子繞過門的頂端，從門的另一面垂出來，就這樣吊死在門上！在這之後，門把當然又換過！直接變成內鑲的小拉環。而妳現在告訴我，天花板被人裝了個吊勾？天啊！這惡夢怎麼還不結束？」

「所以之前那邊眞的沒有那個吊勾？」

「當然不可能有！防止都來不及了，怎麼可能繼續鼓勵？」

「你們一般都是多久時間之內去整理房子？」杜紀問，她希望她不必眞的將房子租下來。

「通常委託我們的屋主，自然是希望房子能愈快出租出去愈好，但這房子已經連續發生四起上吊事件了，現任屋主人又住在國外，如果房子沒有很快租出去，我想他們是可以理解的……」

李文生顯然也有意思幫忙杜紀，「我一時也不想去碰那房子了，可以等一等，反正葉家是提早退租，他們的租約還有三個月才到期，所以租金已經涵蓋了那三個月。」

「太好了！我一定會盡快在這三個月之內把這案子結束！」

杜紀說完，又還捨不得告別鬍鬚男，所以她緊接著又問：「你和葉家人熟嗎？是誰出面租屋的？」

「是一個圓臉的太太來洽談的，我有印象，她應該是葉家的大媳婦，而出面簽約的應該是她先生，叫做葉偉方。我和他們並不熟，他們當初是說他們的父親要經常去醫院洗腎，所以租屋住在那裡比較便利。」

「他們有沒有問起鬧鬼的傳聞？」

「當然有，我當時還鬆了一口氣，因爲我有責任告知對方房子的狀況，一般而言，我們當然是希望房子能租出去，而且最好不要面對太多挑戰，我當時正在爲難該怎麼主動提及的時候，葉太太就先提起這件事了，不過，他們好像並不在乎，只是要議價而已。」

「就你感覺，葉老先生本人知道房子有問題這件事嗎？」

「我沒見過葉老先生，因爲立約人是葉偉方，我只要確定他是知情的就行，之後我就完全沒過問其他的事了。」

「他們簽了多久租約？」

「一年。」

杜紀已經不知道還能再問什麼了，但她實在還捨不得離去！正在苦惱間，李文生卻問了：「妳還單身嗎？」

天啊啊啊！她簡直不敢相信這樣的好狗運！「不幸是。」她的聲音沒發抖破音吧？她不禁擔心起來，期望自己夠冷靜，她盡可能自然輕鬆地擠出：「你呢？」

「我離婚半年了，開始想要再交女朋友了，妳明天下班後有沒有空？」李文生問，他看起來是個很直接的人。

有空有空有空！杜紀在心中按鈴搶答著，但是，為了顯得比對方更不在乎些，也為了展現自己最佳的狀態，她決定要先去美容沙龍重生，「明天沒空，後天如何？」她逼自己言不由衷地這樣回答。

「後天？好啊，我去妳偵探社接妳下班。」李文生看著杜紀的名片大方地說。
嚴可以聞得出杜紀狀況有異，事實上，連白痴也看得出來！
他花了近一個工作天和劉昕去訪問鬼屋附近鄰居之後，好不容易在下午藉故把劉昕甩了，回公司卻看見杜紀在門外拆算命的招牌！雖然這是他夢寐以求很久的事——他老早就希望杜紀結束算命部門，專心偵探事業——不過，一定是出了什麼事，才會讓杜紀心甘情願自廢武功，更何況她也又向自己要了美容美髮等各種折價券。
「妳不會又戀愛了吧？」嚴小心地問。
「喔，嚴！請祝福我，我這次是認真的！愛神的箭總該輪到我來中了吧？我的年紀比誰都更需要它！」
「這次又是誰？不會就是房屋仲介員吧？」嚴有點酸地說，

「我也很久沒有愛神光顧了啊。」

「你？噗哧——你有啊！你還看不出來嗎？你難道不覺得最近很幸福？」

嚴完全不知道杜紀在說什麼，「我一直都還滿幸福的啊，最近有什麼特別的嗎？妳別給我轉移話題！對方是不是妳今天拜訪的仲介？」

「是啦！嚴大偵探破案囉！滿意了吧？」

但是嚴很不滿意！雖然對方他還沒見過，可是他覺得杜紀太容易隨便亂愛了！「妳在拆算命的招牌，表示他會來這裡，他什麼時候來？」

「後天！」杜紀開心地說，但是她並不想和嚴討論李文生，「你從鄰居那裡查到什麼線索了嗎？」

「等妳拆完招牌再談吧，我在會議室等妳。」

事實上，嚴並沒有查到很多線索，現在的人，尤其住在台北的，絕大多數連鄰居叫什麼名字都不知道，鬼屋的鄰居當然也不例外。

一個理小平頭的人的菸味擾鄰。

一個穿綠衣服的人提著一個公事包。

一個疑似穿高跟鞋的人，講話聲音高分貝。

這就是今天他問到的所有線索。

「什麼?這算什麼東西?」杜紀不滿意地說，「跟你一起去調查的劉昕，難道不能針對這些資訊提供什麼線索嗎?」

「他只說小平頭有可能是他二哥，講話高分貝的人有可能是他大嫂……」嚴頹喪地回答。

「可是當然也有可能是別人!例如有菸味的小平頭，那也有可能是我!」杜紀指著自己大約兩個月之前被美髮師不慎剪成平頭的超短髮，現在雖然稍微長長了一些，但仍是很短，她的頭髮向來長得慢，「還有這條，『穿高跟鞋的人講話高分貝』，那更有可能是我尖叫跑出去的聲音，不是嗎？」

嚴本來要說，這三條線索都經過過濾，確認都是在案發當日有到過七樓鬼屋那層樓的人，不過，當天杜紀確實也有到過七樓。

「至少我們確定，除了我們三人之外，還有別人在當天去過鬼屋！那天妳穿的衣服是咖啡色的，劉昕穿的是橘色，我穿的是黑的，我們三個人中沒人穿綠衣，也沒人提公事包！而且如果證人沒記錯的話，這三條線索的發生時間都是在下午五點之前，而我們兩人可是在六點之後才到的。」

「是啊，如果證人沒記錯的話！但萬一他們真的混淆記錯了呢？」杜紀說，「不過，你說得沒錯，至少我們沒有人穿綠衣，希望不會是郵差！」

「不會吧？郵差就算送掛號，也不會親自上樓，通常是在樓下按對講機通知而已，這點是和鄰居確定過的。而且郵差怎麼會提公事包？」

「很好，至少有一個穿綠衣的人，希望能追出他是誰。你全部鄰居都問過了嗎？」

「還沒，有些人不在家，大概是在上班。」

「劉昕難道不能從他兄嫂那裡問出當天大家穿的衣服？」

「恐怕很難，他說沒有人願意再和他說話，尤其要談案發當天的事。」

「眞傷腦筋耶！警方這次又已經當自殺結案，我也沒辦法從他們那裡得到任何消息，而他們當然也不會再去問葉家的人當天穿什麼衣服！」杜紀確實很心煩，如果警方有以他殺偵辦的話，至少她能去用各種方式逼問她在偵查隊的「朋友」雄伯！但這次卻是如此孤立無援……

「我會找時間，繼續再追蹤那些還沒問到的鄰居。」嚴說。

「當然！再找不到更多線索的話，這個案子恐怕就要放棄了。」杜紀這樣說時，臉上卻無一點遺憾，她等不及要專心談戀愛了。

嚴當然也知道杜紀在想什麼，所以他心中決定，一定要設法查出更多線索！

隔天，嚴還是四處向鄰居打聽，劉昕也陪同著，杜紀則努力地去上美容院。再隔天，嚴又多問出一些小線索，但他決定提早回偵探社，因爲他要看看杜紀的新歡是何方神聖，劉昕也跟來了，嚴這兩天的冷淡讓他很不安心。

杜紀則已經準備好了，半透明的米白絲紗洋裝，連胸罩都若隱若現。

「我的天！妳是要去哪裡跳艷舞？」劉昕毫不客氣地出口。

「有那麼糟嗎？」杜紀擔心地問，雖然她也不是品味不好，可是她承認劉昕可能眼光更佳，「我今天有重要約會，事關我的未來幸福！」

「喔——我來幫妳吧！帶我去看妳的衣櫃！」劉昕說著，他當然十分樂意幫杜紀！杜紀最好趕快愛上別人，甚至趕快被娶走，這樣他的嚴就安全了。

嚴也不客氣地跟著進入杜紀的房間，而且他拚命建議著保守優雅的套裝！如果可能，他甚至不介意杜紀回到仙姑造型！

「不行啦！嚴！你建議的衣服都顯現不出小紀的優點來，她應該要在性感中帶著一些個人風格。」劉昕說著，杜紀拚命點頭如搗蒜。

「性感？那就是引人犯罪！誰知道那個男的是什麼樣的人品？小紀也才剛認識他而已！」嚴說得杜紀像是他女兒一樣，「這套米色的套裝好，連孫芸芸也會這樣穿！」

「我說這個馬甲配七分牛仔褲！剛柔並濟！有休閒感也不會顯得過度打扮。」劉昕建議著。

等杜紀換好衣服出來，嚴的鼻血都快殺出了，雖然他稍早也同意牛仔褲好，但他自己就不是太愛女生穿牛仔褲，不過現在的杜紀的長輩在她纖腰之上呼之欲出，牛仔褲也顯得她的臀圍十分動人，整個女性曲線都散發著驚人的吸引力！

「不行！換衣服！男人的獸性是經不起這樣的挑戰的！」嚴命令著。

不過這回換成劉昕和杜紀是一組的，他們沒有理會嚴。劉昕拿了條圍巾給杜紀圍在脖子上，而嚴拚命要將它蓋在杜紀胸前。

「別鬧了好不好？嚴！」兩人合力制止嚴的搗亂，劉昕還在艱難的環境中，重新幫杜紀化了個妝。

「哇！連我都要愛上自己了！你太棒了啊！流星！請讓我許願，趕快成爲一個幸福的太太吧！」杜紀高興地說。

「嗯！趕快成爲一個幸福的太太喔！」劉昕眞心地祝福，雖然嚴現在的態度讓他不是很快樂，可是嚴會撐過去的！而他劉昕，可以在身邊陪他度過，安慰他……

傍晚，李文生出現了，嚴向他射出忌妒的火光，但還是禮貌地握了手，叮嚀他要好好照顧杜紀。而劉昕本人則有點後悔，他覺得李文生也挺可口的，他實在不該幫助杜紀那麼多！

杜紀搭上李文生的車離開偵探社後，又開始緊張起來，「我們要去哪兒？」她問。

「等一會兒妳就知道了。」

沒多久，李文生的車來到一家餐廳對街路旁，杜紀準備下車時，卻被李文生制止。

「看到餐廳裡，那個坐在窗邊桌，正在和同事吃飯的女人嗎？」李文生往餐廳指去。

「長頭髮綁馬尾那個？」杜紀問。

「沒錯，她是我正在追求的女生，可是她總是行色匆匆，每次約她，兩次中總有一次她說有事，所以我想妳應該也可以幫我查查，就像我也給妳方便一樣……」

杜紀大震驚！

原來李文生不是對自己有興趣，只是要利益交換！瞬間，她整個人被打擊到像一個倒地不起的拳手。

「當然。」她提起精神冷靜地說。

「妳今晚也讓我很驚艷！我……不知妳介不介意一夜情？」李文生看著杜紀，誠懇地說。

「你當我是什麼人？給我下車！」杜紀整個人都回魂了，男人！真是不可置信！

「可是這是我的車……」李文生提醒她。

杜紀拉開車門，羞愧又憤怒地甩門離去，正在她要招手叫計程車時，她聽見有人在按喇叭。

是嚴的車，他偷偷跟過來了，連劉昕也在車上。

杜紀上了嚴的車之後，忍不住開始狂哭，「誰問我我和誰翻臉！」她暫停哭泣了幾秒喊著，喊完又繼續哭。

嚴和劉昕都乖乖地沒說話。

「來來來，喝點熱茶壓壓驚，這是我從家裡帶來的，有鎮神的功能。」劉昕說著，他們現在三人都回到杜紀的偵探社，在會議室裡。

「餓了，有沒有吃的？」杜紀厚顏地說，她知道哭泣的人向來最大。

嚴看著劉昕，這一陣子以來，似乎劉昕已經成爲食物的來源。劉昕又怎能拒絕嚴要求的眼光呢？「我立刻去煮飯！我有帶好吃的燴飯料理包！」

杜驚驚訝地看著離去的劉昕，這個人眞是有小叮噹的口袋！眞的有人出門還帶那麼多東西的嗎？劉昕實在太辛苦了啊！比起來，她自己的這一點小挫折又算得了什麼呢？這麼一想，她覺得心情好多了。

「那個鬍子男有想要追求的對象了，竟然還向我建議一夜情！」杜紀向嚴解釋著，畢竟嚴有跟蹤過去關心她，而這一點讓她很感動。

「就建議妳要穿孫芸芸套裝嘛……」嚴小聲地說。

「我杜紀就算要一夜情，也會選擇更年輕有力的你！」

「喔我非常樂意爲妳服務！Anytime！」

杜紀聽嚴毫不遲疑地這樣說，感覺多少補回了一點顏面，不，很多顏面！嚴是個長相家世財富都兼具的優秀青年，如果他願意，餓虎撲羊的女人一大堆，她杜紀連候補都排不上。

「謝謝你！嚴！」杜紀伸手過去抓住嚴的手，她衷心地想表達謝意。

嚴也回握著杜紀的手。

「幹什麼幹什麼！我才去洗個米就出事了嗎？妳不要對員工性騷擾！」劉昕趕來把兩個人的手拉開。

「我只是向嚴表達我的謝意，你有必要說得那麼嚴重嗎？」杜紀不滿地說，順便簡單地再解釋了李文生的事件，以及她對嚴的感激。

「一夜情？我倒是不介意！他電話幾號？給我。」劉昕是認眞的，但是嚴只當他是愛搞笑而已。

杜紀想想，讓劉昕去爲她復仇也不錯，所以她把李文生的電話告訴劉昕，也祝福他們有個歡愉之夜。

很快地，一個星期又過去了，鬼屋的案子進展不大，倒是李文生打電話來偵探社抱怨。

「妳的員工一直來騷擾我！妳能不能管管他啊？」電話那頭說著。

「第一點，他不是我的員工，第二點，你要抱怨別人騷擾你，怎麼不先對自己騷擾別人道歉呢？第三點，你的意中人一星期有一半的時間在各機構做義工，你可以放心了。」杜紀說著，內心也不禁讚嘆，流星可眞是個積極的人。

「做義工？哇！她可眞是比我想像中更完美！」李文生顯然

是很高興聽到這樣的結果，「聽著，我很抱歉那天對妳提出那樣的問題，但我不是不尊重妳或看輕妳，純粹只是一個很直接的問題而已，我很抱歉冒犯了妳，我道歉！」

「OK，接受道歉。我的鬼屋你都沒去動吧？」杜紀說著，她想起那天李文生的眼神，確實並沒有懷著骯髒或惡意的感覺，只是他也問得太直接了，讓人難以接受。這男人並不是眞的那麼糟，人都有生理需求，是她自己當時經不起夢碎的打擊吧，他原來已經有喜歡的人了。

「沒有，我會依約保持三個月不動，謝謝妳幫我查出那個女生的行蹤！」

「不客氣，我也是依約行動而已，至於我那個騷擾你的朋友，他其實就是葉老的小兒子，去複製鑰匙那位，你可以和他老實說，讓他死心，他還不至於是那麼強迫性格的人，只是有時需要很直接的答案罷了。」

「了解，謝謝啦！」

李文生掛了電話，杜紀還是感到微微失落，以前談戀愛並不是那麼難的一件事，頂多只是最後證明兩人不適合在一起，但是現在，連要談戀愛、連只是要一個起頭，都是這麼難，還沒開始就直接結束，這怎麼不令人驚慌？真的都要懷疑自己一點魅力也沒有了！

接近傍晚時，嚴回來了，令人訝異地，一星期不見的劉昕也「回來了」。顯然李文生已經動作很快地和劉昕談過。

「唉，我也感覺失戀了，不如大家今晚去喝一杯，如何？」

「你到底還有沒有在上班啊？我怎麼覺得你好像半個月都沒去工作了？你眞的沒有繼承到遺產嗎？」杜紀懷疑地問。

「我和公司辦留職停薪，公司准了啊。」劉昕說。

「留職停薪？什麼時候的事？你有錢付我偵探費嗎？」

「請完喪假就接著辦了啊，我和公司說家裡還有很多事要忙，妳怎麼比我老闆還難纏啊？妳的偵探費我不會忘記的好不好！眞是衰，一連串的不喜悅、不愉快！」

「我們該不會是被幽靈詛咒了吧？」杜紀也嘆了口氣。

「不會吧？我就不覺得不幸。」嚴說。杜紀終於回復正常了，而且每天都還是打扮得很漂亮，他感到很幸福。

事實上杜紀會繼續打扮，沒有回到歐巴桑仙姑的狀態，只是爲了挽救自己被打擊到的自尊心。

「你又查到什麼了嗎？幸運兒！」杜紀問。

「有一個戴棒球帽的人，是在劉昕離開後，第一個去鬼屋的。有一個穿卡其色衣服的人也去過，是穿涼鞋。另有一個穿紅衣服、捲髮的人也去過。還有一個綁包包頭的女性，提著菜籃，也有去過，而且這些都是發生在五點之前。這就是新問到的線索。」嚴回答，「而上次那三條我有再追過，確實都是在下午五點之前發生的，所以不是妳。」

「這是什麼鬼啊？聽起來像全世界的人都去過鬼屋觀光了！」杜紀說，「流星，你難道不能從這些線索辨認出誰是誰嗎？」

「捲髮的應該是我大嫂或姊姊吧，包包頭就一定是二嫂了，還有上次的小平頭應該是我二哥，這樣還不夠嗎？應該可以要警方再查了吧！」劉昕說。

「但鄰居無法確實指認任何面孔，有些人只是看見背影，所以知道衣服顏色或髮型，有些人則只是聽到聲音而已……」連愛報警的嚴都覺得，警方應該很難接受這些不紮實的線索。

「不過，這樣確實很可疑，那天都不是他們照顧葉老的日子，如果只有二嫂出現，感覺還說得過去，她有可能擔心流星代班的狀況，所以前來看一下，但其他人是來幹麻？我不相信他們平日都這麼勤快地關心葉老！」杜紀說。

「當然不！據我所知，他們都不是很愛照顧老頭的，有些人也曾經求我代過幾次班，我當然不是每次都答應，但看得出大家都不是很喜歡這份工作！能省過一次高興都來不及，怎麼還可能來加班看？」

「或許我該假裝成是有興趣租鬼屋的房客，去打聽他們對房子的意見，順便看看能否探聽出什麼線索來？」杜紀說。

「好主意，妳應該能做得到。」嚴說，「我這邊還是可以繼續再問鄰居，還有幾家一直都沒問到話，要不就是沒問到當天在家的人。」

杜紀情場失意，於是準備將自己的注意力轉移到工作上，認眞地工作，所以她打了個電話給李文生，主要只是告知他，她會假裝成有興趣租屋的人，藉此去詢問葉家人，所以也請他配合，萬一葉家人有打電話向他問起她的話，請證實杜紀確實是個有意租屋的人。

李文生答應配合，可是，同時又約她出去。

「又是要什麼交換條件的話，你就直說吧，我們不一定非得見面談不可吧？」杜紀說。

「可是我只是想見妳。」電話那頭說，「不是要一夜情，妳放心，我是眞的發現自己在想妳。」

「謝啦，但我沒興趣介入別人的感情，不想和有女朋友的人出去。」杜紀冷淡地說。

「我沒有女朋友了，對方正式地拒絕我了。」李文生說。

「喔，謝謝啦，我也沒興趣當備胎！」

「妳若拒絕和我約會，當葉家人來問我時，我就不替妳圓場，這就是交換條件。」

「隨你便！我杜紀不接受威脅。」杜紀說完直接把電話掛了。

嚴很欽佩杜紀這次的果決，可是劉昕風涼地說：「這案子眞是愈來愈難查了，現在什麼話都問不到了！」

「你還敢說！自己的兄姊竟然搞得互不往來！」杜紀吼回去，「還連一毛錢遺產都沒搶到！天下有你這麼天才的嗎？」

「是妳要我去向警方要求驗屍的耶！」劉昕委屈地提醒杜紀。

「算了！我們只能賭葉家人對我不會有懷疑，不會去和李文生求證！」杜紀說。

可是李文生這次似乎玩眞的，他每隔幾天就會派人送花過來，有時還會直接等在偵探社外，想見杜紀一面。

「我有重要線索要告訴杜紀。」他今天更是直接按門鈴求見，是嚴去應的門。

「喔?什麼線索?」嚴冷淡地說，他非常不喜歡這個鬍子男的熱情攻勢。

「我只想和杜小姐本人說，事關葉老先生死亡當天做的一件事。」李文生只願對嚴透露到此。

嚴非常不高興地入屋問杜紀，看她是否願意見李文生。

「好吧，讓他進來吧，我到要看看他是想玩什麼把戲。大家乾脆把話談清楚，不要再繼續勾勾纏。」杜紀說。

但是李文生一進屋，見到杜紀後，就直接撲上去抱住她了!

「我想妳……」他輕聲地在杜紀耳旁說。

杜紀先是推開他，賞了他一巴掌，嚴也立刻衝過來，用力揮他一拳，把他打得倒在牆邊。

「葉老先生死亡當天，打了電話把所有的人都叫了過去，因爲他醒來時見不到任何人在身邊照顧他……」李文生嘴角流著血，坐在地上說。

「你怎麼會知道這件事？」杜紀問。

「我故意去詢問天花板鑽孔的事，我是仲介，當然是遲早會去處理房子，我假裝非常介意天花板被鑽了洞，葉太太，也就是葉家的大媳婦，態度很好地向我道歉，我於是就自然問起葉老上吊當天的事，她和我說，當天下午他們每個人都有去過鬼屋，因爲葉老打電話向每個人抱怨，說沒人留在那裡照顧他。」

嚴伸出手把李文生從地上拉了起來，然後把他扶到會議室的椅子坐下。

「剛剛那一拳抱歉，但請你得自重。」嚴說。

「一拳換一抱，我覺得很値得。」李文生豪邁地說。

「人不能只想到自己的享受！他人不見得願意被你抱。」嚴也態度優雅地說。

杜紀心跳得很快，很久沒被人抱過了，她其實感覺回味無窮。Be cool，她告訴自己，「你還問到其他什麼線索嗎？他們五個人是一起到的還是分別到？」

「葉太太到時並沒有見到其他人，而且她到了之後，發現葉老又入睡了，因爲自覺不是她輪值的日子，她很快就又離去，所以聽起來並不是大家一起到的。」

「那她怎麼會知道所有人都有接到葉老先生的電話？」杜紀再問。

「她說她事後有向其他家人問起，果然每個人都承認有接到電話，而且都說他們抵達時，葉老先生在睡覺，所以逕自離去。」

「有人說謊，就算葉老先生是自殺，一定有人抵達時是發現屍體的！」杜紀說。

「我也這麼認爲，葉老先生應該不可能有體力自己爬高鑽洞，還安裝了一個勾子！但是當我追問鑽洞的事，葉太太回答說，她眞的不知道，也沒發現那個勾是什麼時候出現的。」

「好吧，謝謝你這重要的線索，剩下的我們自己來就可以了。」

「小紀，我能再和妳做個朋友嗎？」李文生一臉誠懇地問。

杜紀再次軟化了，她實在無法拒絕這個鬍子男！

「你不要再站班，也別再送花了，打電話就好吧，如果我想出去，自然會答應。」杜紀沉溺在勝利的快感，還好今天劉昕沒來，要不然兩個男人爲她打架的畫面，恐怕會讓他忌妒死。

「好，我會打電話給妳的。」李文生站起來離去，嚴跟出去送客。

「妳不會眞的考慮要和那個混帳交往吧？」嚴回到會議室後，

急問杜紀。

「我會先去證實他女朋友甩了他，ＯＫ？」杜紀雖然如此回答，但嚴看得出來，杜紀已經再次陷入戀愛中。

# 5

穿綠衣的人在穿白衣的人之前來。
第三個來的人，提的是女用皮包。
穿布鞋的人在講手機的人先或後來。
禿頭男穿的是男皮鞋。
有人大熱天還穿靴子來。

任嚴再怎樣認眞將心思專注於工作，他這段時間還是只問到這些模糊的線索，他都快要失志了。而杜紀當然很快又和李文生墜入情網，而且這次看起來相當認眞，嚴甚至不確定杜紀有去後續追蹤李文生的前女友的消息，所以他打算自己調查。

這一天，在同樣的時間，他開車來到當時的餐廳門外，不過他不確定李文生的前女友是哪一位，今天是否有來用餐。

「糟！我姊竟然在裡面！」劉昕說，一邊往乘客座下滑。

「哪一個是你姊？」嚴問。

「坐在窗邊那桌，直髮綁馬尾的。」

「綁馬尾？不會她剛好就是李文生的前女友吧？」嚴吃驚地說，他彷彿記得杜紀提過她是綁馬尾的。

「不會吧？李文生品味有那麼差喔？我姊身世雖然可憐，但她眞的不算是美女！」

「你姊有常去做義工什麼的嗎？」

「這我眞的不知道，我和他們眞的不熟。」

「你姊叫什麼名字？」

「葉欣宜。」

「好，我進去和她談談，你在車上等？」

「當然，她若看見我，大概也不會要和你說話。」

嚴進了餐廳，特地請服務生幫他請來葉小姐。

「你是……？」葉欣宜迷惑地問。

「不好意思打擾妳了，我姓嚴，請問妳認識一位李文生先生嗎？」

「認識，請問有什麼事嗎？」

「李文生經常約我姊出去，他告訴我姊，他和妳已經分手了，我擔心我姊，怕她被騙，所以想和妳求證一下。」嚴覺得葉欣宜完全不算醜，只是看起來是一個很樸素的人，沒有化妝打扮而已。

「原來如此，你放心吧！我們確實已經分開了。」葉欣宜微笑地說。

「他是個好人嗎？妳爲什麼會和他分手？」嚴又繼續問。

「喔，我完全是私人因素，並不是發現他有什麼不好，我的個性比較低調，也喜歡低調的生活，他則比較外向，我認爲我們彼此並不適合對方。如此而已。」

「謝謝妳，我覺得放心多了，不好意思打擾了！」嚴今天完全是爲杜紀的事而來，所以儘管知道對方是劉昕的姊姊，他並不想多問關於葉家的案件，也沒有那個心情。

「怎麼樣？我姊眞的曾經和李文生交往喔？」劉昕好奇地問。

「嗯，而且李文生聽起來並不像是壞人。」嚴並不是太高興承認這一點，不過，他確實希望杜紀幸福，而且他也承認杜紀早超過適婚年齡了，儘管她還看起來很年輕。

「要不要去喝一杯？我心情不是很好，你陪陪我吧？」

「當然好！」劉昕一直以來等待的就是這一刻，他沒想到，眞的讓他等到了，簡直就像是做夢一樣！他轉身背對嚴，狠狠地咬了自己的手一口，是眞的！

然而，隔天早上醒來，劉昕意外發現自己衣冠整齊地躺在自家床上，而嚴已經不知去向。

原來嚴又回到天母發狂地問鄰居線索，雖然今天是星期六不必上班，但是他決定用工作來忘記心煩的情緒，而且星期六早上很多人都在家，他也終於把所有的鄰居都訪問完了。

整理之後，又得到另外六條線索：

一個提帆布大袋的人，穿橘色衣服。

穿涼鞋的人，是在一位帶著哭鬧的小孩的人的前後來的。

穿拖鞋的人提著一個塑膠袋。

穿藍衣人在戴棒球帽的人前後來的。

背後背包的人在穿布鞋的人的前後來。

總共有六個人在五點以前先後前來，其中五個人都發出擾鄰的聲音或氣味，包括小孩吵鬧、講手機、抽菸、高分貝說話聲、鑽孔聲。

那六個人中，有一個應該是從住處回來天母的劉昕，而且他應該就是那個穿橘色衣服的。不知他有沒有發出任何聲音？嚴心裡想著，決定晚些再問劉昕，明天星期天放假，他也決定去找回自己的私生活，更不排除去約會。

到了星期一，嚴向杜紀報告了所有線索，杜紀果然聽得心不在焉，連嚴都覺得自討沒趣。

「妳準備要結婚了嗎？如果還沒，請盡快，我也想辭職了。」

「什麼？嚴，爲什麼？」杜紀驚慌了起來。

「因爲我覺得只有我在查案很無趣，既然妳也想結婚生子想收山，那不如我助妳一臂之力，趕快辭職，加速妳的動作。」

「嚴，對不起啦！我知道我最近太混了，忙著談戀愛，這我無可狡辯，但是我並不想關掉偵探社啊，更不希望你辭職……」

「嚴，你不要辭職啦！你辭職了我怎麼辦？你辭職了，我也不繼續委託查案了！」剛進門的劉昕更驚慌地說著，「小紀！妳不要被戀愛沖昏頭了，妳知不知道李文生的前女友是我姊？我愈想愈覺得可疑，我那些兄嫂租了這個房子，怎麼李文生會剛好是仲介人？我姊又不特別漂亮或溫柔討喜，爲什麼李文生當初會想追她？」

「什麼？你說什麼？文生的前女友是你姊！」杜紀為自己沒去做後續追蹤深感大意，「你怎麼不早說？」

「我之前也不知道啊，是嚴查出來的！」

「嚴，你為何沒告訴我？」杜紀雖然這樣問，但她知道她自己這一陣子以來，根本沒有給嚴時間和她交談。

「我覺得李文生還ＯＫ啊，也不覺得葉欣宜可疑，所以有什麼好提的？」

杜紀久久不語，她想起嚴為她所做的一切，嚴這一陣子以來獨立查案的種種，她幾乎有一種想哭的衝動，李文生終於在這一刻被她暫拋在腦後了。

「我看他八成是為了錢才追我姊的，我姊沒色但至少有財……」劉昕還在那裡嘀咕著。

「有可能，」杜紀坦承，雖然她也不覺得葉欣宜有長得那麼不堪，「不管怎樣，讓我們先來討論葉老的案子吧！開會！」

杜紀將嚴查到的線索都寫在白板上：

一個理小平頭的人的菸味擾鄰。

一個穿綠衣服的人提著一個公事包。

一個穿高跟鞋的人，講話聲音高分貝。

一個戴棒球帽的人，是在劉昕離開後，第一個去鬼屋的。

一個穿卡其色衣服的人也去過，是穿涼鞋。

一個穿紅衣服、捲髮的人也去過。

一個綁包包頭的女性，提著菜籃。

一個提帆布大袋的人，穿橘色衣服。

穿綠衣的人在穿白衣的人之前來。

第三個來的人，提的是女用皮包。

穿布鞋的人在講手機的人先或後來。

禿頭男穿的是男皮鞋。

有人大熱天還穿靴子來。

一個提帆布大袋的人，穿橘色衣服。

穿涼鞋的人，是在一位帶著哭鬧的小孩的人的前後來的。

穿拖鞋的人提著一個塑膠袋。

穿藍衣人在帶棒球帽的人前後來的。

背後背包的人在穿布鞋的人的前後來。

有五個人都各自發出擾鄰的聲音或氣味，包括小孩吵、講手機、抽菸味、高分貝說話聲、鑽孔聲。

「天啊，這種線索簡直有跟沒有一樣，能發現什麼?」劉昕感嘆地說著。

「你當天有沒有做出以上任何一項噪音或干擾？」杜紀問著劉昕。

「我沒有小孩、我不抽菸、我當天沒有講手機，手機也沒響，我也沒有和任何人說話，更沒去鑽孔，都不是我。」劉昕說，「但是我可以指認一些人囉，小平頭是我二哥，講話聲音高分貝、捲髮的應該是我大嫂，包包頭提菜籃就應該是我二嫂了，禿頭自然是我大哥，穿橘衣提大袋且穿靴子的是我，大概就這樣。」

「很好，這裡面誰有可能是你姊？她也有去過，因爲李文生說你大嫂有透露，當天下午你爸有醒來，因爲沒見到身邊有人，所以打電話把每個人都叫過去了。」杜紀說，「如果按照以上的線索看，戴棒球帽的人應該就是你姊吧？你那天有戴帽子嗎？」

「就算我有帽子也不會是棒球帽，但是沒有，我當天兩次出現都沒有戴帽子。」

「所以你姊應該是第一個抵達鬼屋的人。」杜紀說，「看，一條一條慢慢來，我們應該還是能拼湊出整個狀況和順序，這裡面先去掉劉昕——穿靴子的，提帆布大袋穿橘色衣服的。總共有五種不同顏色的衣服，五個不同的髮型，五個不同的提袋，五雙不同的鞋，甚至是五種不同的擾鄰聲或物！劉昕你一定是最後一個來的吧，你進屋後都沒聽見誰偷偷離去是嗎？」杜紀說。

「沒有，關大門的聲音還滿大的，我不可能沒聽見。而你們到達時，門都還是關好好的。」劉昕確定地說。

杜紀先將屬於劉昕的線索抹去，「藍衣人在棒球帽先後，所以應該是第二個到的。而第三個來的人提女用包包。」杜紀說完又整理如下：

一個戴棒球帽的人，是在劉昕離開後，第一個去鬼屋的。（葉

欣宜）

穿藍衣人在帶棒球帽的人前後來的。

第三個來的人，提的是女用皮包。

一個理小平頭的人的菸味擾鄰。（二哥葉偉正）

一個穿綠衣服的人提著一個公事包。

一個穿高跟鞋的人，講話聲音高分貝。（大嫂）

一個穿卡其色衣服的人也去過，是穿涼鞋。

一個穿紅衣服、捲髮的人也去過。（大嫂）

一個綁包包頭的女性，提著菜籃。（二嫂）

穿綠衣的人在穿白衣的人之前來。

穿布鞋的人在講手機的人先或後來。

禿頭男穿的是男皮鞋。（大哥葉偉方）

穿涼鞋的人，是在一位帶著哭鬧的小孩的人的前後來的。

穿拖鞋的人提著一個塑膠袋。

背後背包的人在穿布鞋的人的前後來。

「然後呢？剩下的還是弄不出個所以然啊。」劉昕問。

「喔，我怎麼突然覺得這些線索很像是劉昕之前問我的問題？那個愛因斯坦能很快解答的那個……德國人、丹麥人什麼的，要算出誰養魚。」嚴說著。

「沒錯！這樣確實有解！嚴你這次實在太棒了啊！」杜紀眼睛一亮，興奮又驚喜地喊著，她給嚴一個激賞的眼光。

「別看我，那一題我也不會解。」嚴不好意思地說。

「有像嗎？我們又不是要找誰養魚。」劉昕說。

「好吧！爲了嚴的努力，我來挑戰看看吧！」杜紀是眞心地覺得虧欠嚴很多，她不願讓嚴的心血化爲烏有，更重要的，她希望嚴留下來，不要辭職……

她又在白板上弄出下面表格：

| | (1) | (2) | (3) | (4) | (5) |
|---|---|---|---|---|---|
| 衣色： | （卡藍紅綠白） | （卡藍紅綠白） | （卡藍紅綠白） | （卡藍紅綠白） | （卡藍紅綠白） |
| 髮型： | （包捲禿平帽） | （包捲禿平帽） | （包捲禿平帽） | （包捲禿平帽） | （包捲禿平帽） |
| 提包： | （背籃皮公塑） | （背籃皮公塑） | （背籃皮公塑） | （背籃皮公塑） | （背籃皮公塑） |
| 擾鄰： | （機孩嗓鑽菸） | （機孩嗓鑽菸） | （機孩嗓鑽菸） | （機孩嗓鑽菸） | （機孩嗓鑽菸） |
| 鞋子： | （涼布高男拖） | （涼布高男拖） | （涼布高男拖） | （涼布高男拖） | （涼布高男拖） |

「按照整理後的線索第一條，戴棒球帽的是第一個來的，所以第一個人確定是帽子，其他人的則將帽子去掉。」杜紀說，將表格更改如下：

(卡藍紅綠白)(卡藍紅綠白)(卡藍紅綠白)(卡藍紅綠白)
(●●●●帽)(包捲禿平●)(包捲禿平●)(包捲禿平●)
(背籃皮公塑)(背籃皮公塑)(背籃皮公塑)(背籃皮公塑)
(機孩嗓鑽菸)(機孩嗓鑽菸)(機孩嗓鑽菸)(機孩嗓鑽菸)
(涼布高男拖)(涼布高男拖)(涼布高男拖)(涼布高男拖)

「線索第二條，藍衣人在戴帽子的前後來的，但我們已經確定戴帽子的是第一個，所以藍衣人則是第二個來的，第二個人若確定是藍衣，其他人將『藍』去掉。」杜紀說，表格再次更改如下：

(卡●紅綠白)(●藍●●●)(卡●紅綠白)(卡●紅綠白)(卡●紅綠白)
(●●●●帽)(包捲禿平●)(包捲禿平●)(包捲禿平●)(包捲禿平●)
(背籃皮公塑)(背籃皮公塑)(背籃皮公塑)(背籃皮公塑)(背籃皮公塑)
(機孩嗓鑽菸)(機孩嗓鑽菸)(機孩嗓鑽菸)(機孩嗓鑽菸)(機孩嗓鑽菸)
(涼布高男拖)(涼布高男拖)(涼布高男拖)(涼布高男拖)(涼布高男拖)

「而第三個來的人提的是女用『皮』包，依前例，第三個留『皮』，其他人則去『皮』。」杜紀說，表格再次更改如下：

(卡●紅綠白)(●藍●●●)(卡●紅綠白)(卡●紅綠白)(卡●紅綠白)

(●●●●帽)(包捲禿平●)(包捲禿平●)(包捲禿平●)

(背籃●公塑)(背籃●公塑)(●●皮●●)(背籃●公塑)(背籃●公塑)

(機孩嗓鑽菸)(機孩嗓鑽菸)(機孩嗓鑽菸)(機孩嗓鑽菸)(機孩嗓鑽菸)

(涼布高男拖)(涼布高男拖)(涼布高男拖)(涼布高男拖)(涼布高男拖)

「第四條，小平頭的菸味擾鄰，雖然我們還不知誰是小平頭，卻知道肯定不是一號：一號是戴帽子的。所以將『菸』從一號那裡除去。而第五條是綠衣服提著公事包，一樣，我們不知道公事包是誰，但肯定不是二號：二號穿藍衣，所以公事包從二號那裡去掉。」杜紀說，表格再次更改如下：

(卡●紅綠白)(●藍●●●)(卡●紅綠白)(卡●紅綠白)(卡●紅綠白)

(●●●●帽)(包捲禿平●)(包捲禿平●)(包捲禿平●)(包捲禿平●)

（背籃●公塑）（背籃●●塑）（●●皮●●）（背籃●公塑）（背籃●公塑）
（機孩嗓鑽●）（機孩嗓鑽菸）（機孩嗓鑽菸）（機孩嗓鑽菸）（機孩嗓鑽菸）
（涼布高男拖）（涼布高男拖）（涼布高男拖）（涼布高男拖）（涼布高男拖）

「線索第六條先跳過，第七條是卡其色衣服的人穿涼鞋，所以藍衣的二號絕不是穿涼鞋，先將『涼』從二號那裡去掉。第八條是紅衣服的人是捲髮，所以二號的藍衣再次去掉『捲』，而一號是戴帽子的，自然也不是穿紅衣，『紅』從一號去掉。」杜紀說，表格再次更改如下：

（卡●●綠白）（●藍●●●）（卡●紅綠白）（卡●紅綠白）（卡●紅綠白）
（●●●●帽）（包●禿平●）（包捲禿平●）（包捲禿平●）（包捲禿平●）
（背籃●公塑）（背籃●●塑）（●●皮●●）（背籃●公塑）（背籃●公塑）

(機孩嗓鑽●)(機孩嗓鑽菸)(機孩嗓鑽菸)(機孩嗓鑽菸)(機孩嗓鑽菸)

(涼布高男拖)(●布高男拖)(涼布高男拖)(涼布高男拖)(涼布高男拖)

「包包頭的女性提著菜籃，所以一號戴帽的去掉菜『籃』；三號確定提皮包的人則自然不會是包包頭，所以三號去掉『包』。線索十，穿綠衣的在白衣服之前來，所以綠、白必須依序排在一起，由於二號已經是穿藍衣了，一號自然不會是穿綠色或白色，所以綠和白從一號去掉，這樣我們就發現一號是穿卡其的。」杜紀將表格再次更改如下：

(卡●●●●)(●藍●●●)(卡●紅綠白)(卡●紅綠白)(卡●紅綠白)

(●●●●帽)(包●禿平●)(●捲禿平●)(包捲禿平●)(包捲禿平●)

(背●●公塑)(背籃●●塑)(●●皮●●)(背籃●公塑)(背籃●公塑)

(機孩嗓鑽●)(機孩嗓鑽菸)(機孩嗓鑽菸)(機孩嗓鑽菸)(機孩嗓鑽菸)
(涼布高男拖)(●布高男拖)(涼布高男拖)(涼布高男拖)(涼布高男拖)

「一號穿卡其，三四五號就能將『卡』去掉。線索十一先跳過。十二，禿頭男穿男皮鞋，所以『男』從戴帽的一號去掉。」

杜紀將表格再次更改如下：

(卡●●●●)(●藍●●●)(●●紅綠白)(●●紅綠白)(●●紅綠白)
(●●●●帽)(包●禿平●)(●捲禿平●)(包捲禿平●)(包捲禿平●)
(背●●公塑)(背籃●●塑)(●●皮●●)(背籃●公塑)(背籃●公塑)
(機孩嗓鑽●)(機孩嗓鑽菸)(機孩嗓鑽菸)(機孩嗓鑽菸)(機孩嗓鑽菸)
(涼布高●拖)(●布高男拖)(涼布高男拖)(涼布高男拖)(涼布高男拖)

「線索十三暫時先跳過。十四，穿拖鞋的人提著一個塑膠袋，三號帶皮包的就肯定不是穿拖鞋，『拖』從三號去掉。然後再回到線索五，綠衣服的人提著一個公事包，所以提皮包的三號，一定不是穿綠衣的，『綠』從三號去掉。」杜紀將表格再次更改如下：

(卡●●●●)(●藍●●●)(●●紅●白)(●●紅綠白)(●●紅綠白)

(●●●●帽)(包●禿平●)(●捲禿平●)(包捲禿平●)(包捲禿平●)

(背●●公塑)(背籃●●塑)(●●皮●●)(背籃●公塑)(背籃●公塑)

(機孩嗓鑽●)(機孩嗓鑽菸)(機孩嗓鑽菸)(機孩嗓鑽菸)(機孩嗓鑽菸)

(涼布高●拖)(●布高男拖)(涼布高男●)(涼布高男拖)(涼布高男拖)

「我們剛剛說穿綠衣的在白衣服之前來，所以綠、白必須依序排在一起，而三四號已經沒有綠白相連的機會了，自然三號只剩下了紅色，而四五兩人就依序是綠白。」杜紀將表格再次更改如下：

（卡●●●●）（●藍●●●）（●●紅●●）（●●●綠●）（●●●●白）
（●●●●帽）（包●禿平●）（●捲禿平●）（包捲禿平●）（包捲禿平●）
（背●●公塑）（背籃●●塑）（●●皮●●）（背籃●公塑）（背籃●公塑）
（機孩嗓鑽●）（機孩嗓鑽菸）（機孩嗓鑽菸）（機孩嗓鑽菸）（機孩嗓鑽菸）
（涼布高●拖）（●布高男拖）（涼布高男●）（涼布高男拖）（涼布高男拖）

「第五條，綠衣人提公事包，所以第四個人在提袋那欄裡只留『公』，卡其衣和白衣人再去掉『公』。而卡其衣是穿涼鞋的，自然一號只留『涼』，而其他人去掉『涼』。」杜紀將表格再次更改如下：

（卡●●●●）（●藍●●●）（●●紅●●）（●●●綠●）（●●●●白）

（●●●●帽）（包●禿平●）（●捲禿平●）（包捲禿平●）（包捲禿平●）

（背●●●塑）（背籃●●塑）（●●皮●●）（●●●公●）（背籃●●塑）

（機孩嗓鑽●）（機孩嗓鑽菸）（機孩嗓鑽菸）（機孩嗓鑽菸）（機孩嗓鑽菸）

（涼●●●●）（●布高男拖）（●布高男●）（●布高男拖）（●布高男拖）

「包包頭是提著菜籃，所以四號提公事包的人不是包包頭，把『包』從四號去掉。線索十三，穿涼鞋的人，是在一位帶著哭鬧的小孩的人的前後來的，所以穿涼鞋的一號後面——二號是帶小孩來的人，二號留『孩』，其他人則去『孩』。」杜紀將表格再次更改如下：

(卡●●●●)(●藍●●●)(●●紅●●)(●●●綠●)(●●●●白)
(●●●●帽)(包●禿平●)(●捲禿平●)(●捲禿平●)(包捲禿平●)
(背●●●塑)(背籃●●塑)(●●皮●●)(●●●公●)(背籃●●塑)
(機●嗓鑽●)(●孩●●●)(機●嗓鑽菸)(機●嗓鑽菸)(機●嗓鑽菸)
(涼●●●●)(●布高男拖)(●布高男●)(●布高男拖)(●布高男拖)

「線索十四，穿拖鞋的人提著一個塑膠袋，所以穿涼鞋的一號不是提塑膠袋，去掉『塑』；而拿公事包的四號也不穿拖鞋，去掉『拖』。」杜紀將表格再次更改如下：

(卡●●●●)(●藍●●●)(●●紅●●)(●●●綠●)(●●●●白)
(●●●●帽)(包●禿平●)(●捲禿平●)(●捲禿平●)(包捲禿平●)
(背●●●●)(背籃●●塑)(●●皮●●)(●●●公●)(背籃●●塑)

(機●嗓鑽●)(●孩●●●)(機●嗓鑽菸)(機●嗓鑽菸)(機●嗓鑽菸)
(涼●●●●)(●布高男拖)(●布高男●)(●布高男●)(●布高男拖)

「線索十五，背後背包的人在穿布鞋的人的前後來，現在看出一號是背後背包的，所以二號則是穿布鞋的人，二號留『布』，其他人去掉『布』，其他人也去掉『背』包。」杜紀將表格再次更改如下：

(卡●●●●)(●藍●●●)(●●紅●●)(●●●綠●)(●●●●白)
(●●●●帽)(包●禿平●)(●捲禿平●)(●捲禿平●)(包捲禿平●)
(背●●●●)(●籃●●塑)(●●皮●●)(●●●公●)(●籃●●塑)
(機●嗓鑽●)(●孩●●●)(機●嗓鑽菸)(機●嗓鑽菸)(機●嗓鑽菸)
(涼●●●●)(●布●●●)(●●高男●)(●●高男●)(●●高男拖)

「穿高跟鞋的人講話高分貝，所以將大『嗓』門從穿涼鞋的一號中去掉。線索十一，穿布鞋的人在講手機的人先或後來，二號已看得出是穿布鞋的，所以一號是講手機的，一號留『機』，其他人則去掉『機』。」杜紀將表格再次更改如下：

(卡●●●●)(●藍●●●)(●●紅●●)(●●●綠●)(●●●●白)

(●●●●帽)(包●禿平●)(●捲禿平●)(●捲禿平●)(包捲禿平●)

(背●●●●)(●籃●●塑)(●●皮●●)(●●●公●)(●籃●●塑)

(機●●●●)(●孩●●●)(●●嗓鑽菸)(●●嗓鑽菸)(●●嗓鑽菸)

(涼●●●●)(●布●●●)(●●高男●)(●●高男●)(●●高男拖)

「線索四，理小平頭的人的菸味擾鄰，所以二號哭鬧的小孩不是小平頭，將『平』從二號去掉；線索八，紅衣人是捲髮，所以三號留『捲』其餘去掉，而四五號都去『捲』。」杜紀將表格再次更改如下：

(卡●●●●)(●藍●●●)(●●紅●●)(●●●綠●)(●●●●白)
(●●●●帽)(包●禿●●)(●捲●●●)(●●禿平●)(包●禿平●)
(背●●●●)(●籃●●塑)(●●皮●●)(●●●公●)(●籃●●塑)
(機●●●●)(●孩●●●)(●●嗓鑽菸)(●●嗓鑽菸)(●●嗓鑽菸)
(涼●●●●)(●布●●●)(●●高男●)(●●高男●)(●●高男拖)

「禿頭男穿的是皮鞋，所以穿布鞋的二號不是禿頭，把『禿』從二號去掉，把『男』皮鞋從三號捲髮的去掉；穿拖鞋的人提著一個塑膠袋，再把穿布鞋的二號去掉『塑』。」杜紀將表格再次更改如下：

(卡●●●●)(●藍●●●)(●●紅●●)(●●●綠●)(●●●●白)

(●●●●帽)(包●●●●)(●捲●●●)(●●禿平●)(包●禿平●)

(背●●●●)(●籃●●●)(●●皮●●)(●●●公●)(●籃●●塑)

(機●●●●)(●孩●●●)(●●嗓鑽菸)(●●嗓鑽菸)(●●嗓鑽菸)

(涼●●●●)(●布●●●)(●●高●●)(●●高男●)(●●高男拖)

「二號現在是包包頭了，所以其他人去掉『包』；而三號穿高跟鞋的人，講話聲音高分貝，所以三號穿高跟鞋的留大『嗓』門，其餘去掉。」杜紀將表格再次更改如下：

(卡●●●●)(●藍●●●)(●●紅●●)(●●●綠●)(●●●●白)

(●●●●帽)(包●●●●)(●捲●●●)(●●禿平●)(●●禿平●)
(背●●●●)(●籃●●●)(●●皮●●)(●●●公●)(●籃●●塑)
(機●●●●)(●孩●●●)(●●嗓●●)(●●嗓鑽菸)(●●嗓鑽菸)
(涼●●●●)(●布●●●)(●●高●●)(●●高男●)(●●高男拖)

「三號是高分貝說話的人，其他人在擾鄰項目中去掉『嗓』；二號是提菜籃的，所以把『籃』從五號去掉；穿高跟鞋的是三號，所以四五號在鞋子那欄再去掉『高』。」杜紀將表格再次更改如下：

(卡●●●●)(●藍●●●)(●●紅●●)(●●●綠●)(●●●●白)
(●●●●帽)(包●●●●)(●捲●●●)(●●禿平●)(●●禿平●)
(背●●●●)(●籃●●●)(●●皮●●)(●●●公●)(●●●●塑)

(機●●●●)(●孩●●●)(●●嗓●●)(●●●鑽菸)(●●●鑽菸)
(涼●●●●)(●布●●●)(●●高●●)(●●●男●)(●●●男拖)

「四號在鞋子的項目中只剩男皮鞋，所以四號是禿頭的，『平』頭從四號中去掉。」杜紀將表格再次更改如下：

(卡●●●●)(●藍●●●)(●●紅●●)(●●●綠●)(●●●●白)
(●●●●帽)(包●●●●)(●捲●●●)(●●禿●●)(●●禿平●)
(背●●●●)(●籃●●●)(●●皮●●)(●●●公●)(●●●●塑)
(機●●●●)(●孩●●●)(●●嗓●●)(●●●鑽菸)(●●●鑽菸)
(涼●●●●)(●布●●●)(●●高●●)(●●●男●)(●●●男拖)

「最後了，小平頭的菸味擾鄰，四號是禿頭，五號自然就是小平頭，而且擾鄰的項目是菸味。」杜紀秀出最後的表格：

| (1) | (2) | (3) | (4) | (5) |
| --- | --- | --- | --- | --- |
| (卡●●●●) | (●藍●●●) | (●●紅●●) | (●●●綠●) | (●●●●白) |
| (●●●●帽) | (包●●●●) | (●●捲●●) | (●●禿●●) | (●●●平●) |
| (背●●●●) | (●籃●●●) | (●●皮●●) | (●●●公●) | (●●●●塑) |
| (機●●●●) | (●孩●●●) | (●●嗓●●) | (●●●鑽●) | (●●●●菸) |
| (涼●●●●) | (●布●●●) | (●●高●●) | (●●●男●) | (●●●●拖) |

「我的天！科學小飛俠全都到齊了！一號自然是我姊，二號是二嫂，三號是大嫂，四號是大哥，五號是二哥！所以弄出鑽洞聲的是大哥！」劉昕訝異又驚嘆地說著。

「一切都要多虧嚴問出這些線索！所以我們現在知道他們到的先後順序，也知道他們穿什麼色的衣服，而且至少能說，鑽孔

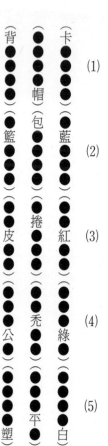

聲是發生在劉昕的大嫂離去到二哥抵達之間這段時間，也很有可能就是葉偉方鑽的。」杜紀感激地看著嚴。

「妳才厲害，能解出這樣的謎。」嚴眞的很享受和杜紀一起工作的感覺。

「喔，我十分相信愛因斯坦那個題目和答案網路上也找得到，就算不必自己解，我們只是按著項目更換，應該也是能對照出整個解答的，這根本沒什麼！」杜紀說，「你能去聯想到這個謎題，才是最重要的關鍵。」

「那也是多虧劉昕那天問我這個題目。」

「對嘛對嘛，我也有功勞！我是嚴的幸運星！」劉昕連忙排擠著杜紀和嚴之間的某種默契和氣氛。

「現在既然有這樣確定的順序，我想我可以辦法先去和葉家兩兄弟套話，如果老二葉偉正到的時後，已經發現他父親的屍體，這樣我們幾乎就可以確定老大葉偉方搞鬼了！」嚴說。

「好！我和你去查！」劉昕立刻主動表明要相隨。

「不，我想這次我自己來就可以了，不要讓你家人知道我認識你，這樣我比較有藉口可以製造假身分。」

「那我呢？」杜紀問，她覺得自己好像不是老闆了，雖然她很高興見到如此獨立的嚴。

「妳就安心談戀愛吧，不讓妳談也不行，不是嗎？Enjoy yourself——」嚴決定爲杜紀祝福。

杜紀當然是很快地問了李文生，關於葉欣宜的事。

「你爲何沒有告訴我，你的前女友是葉家的人？」杜紀一進李文生的住處後，立刻就問。

「結束的事已經結束了，有必要提嗎？如果妳懷疑葉老的死並非自殺，我想我也可以告訴妳，欣宜不是會殺人的兇手。」李文生說。

「他們一家人去租那間鬼屋，和你有任何關聯嗎？不會是你建議的吧？」杜紀問。

「妳的小腦袋想太多！實話說，我會認識欣宜，正是因為他們葉家來租房，並不是先認識而後介紹房子給他們。我和欣宜在一起沒有那麼久，妳也知道。」李文生將杜紀一把拉過來，把她抱在懷裡，「但我現在很慶幸欣宜覺得我不適合她，所以我才能和妳在一起。」

杜紀也很享受這樣的擁抱，因為眞的很久沒有進入戀愛狀態了，她覺得自己眞的像久旱逢甘霖，一點也不誇張。

「等等！……等等！你在做什麼？」杜紀想將李文生推開，但卻無法掙脫，「不要那麼幼稚！」

「怎麼會是幼稚？我在宣示主權。」李文生終於放開她，微笑地說。

杜紀衝到鏡子前去看，果然看見自己的脖子上被種了草莓。

「你要向誰宣示你的主權啊？無聊死了！要我怎麼遮啊？」杜紀微微不滿地說，畢竟她都是三十幾歲的熟女了，竟還被人搞這種青少年的把戲。

「向揍我一拳的那個人啊！」李文生回答，「我要讓他知道妳是我的。」

「你發什麼瘋？嚴比我年輕好幾歲，他只是一個很優秀的員工罷了！」

「但他喜歡妳！我看得出來。」

「不是你以爲的那種喜歡！我也很喜歡他，但不是男女之情，你沒交過好朋友嗎？人家他現在拚命加班，獨立作業，就是要讓我好好地享受我的春天！」

「是嗎？過來！告訴我，妳什麼時候才要享受妳的春天？」李文生意有所指地問。

「我還沒準備好……你不要催我。」杜紀臉紅地回答，並不是她還沒準備好，而是自從和李文生交往以來，她的大姨媽異常地一直沒有停過，雖然量不是很多，可是已經足以阻止一個女人邁向幸福了。

嚴也決定用刪除法。他的計畫是，先去接近葉偉正，想辦法從他那裡套出話，證明他抵達鬼屋時，葉老已經死亡，然後他再去接近葉家大嫂，證明她離去之前葉老還活著。如果這兩點都能達成，剩下的就只是專心對付葉偉方了。

他偷偷觀察了葉偉正幾天了，發現葉偉正幾乎每晚都去海產屋獨自喝悶酒，所以他決定讓自己看起來落魄些，設法加入葉偉正的酒局。他爲此留了幾天的鬍子，實在害怕杜紀誤會自己是在模仿李文生的造型，所以他這幾天一直盡量避著杜紀。

杜紀當然也在避著嚴，因爲她被李文生幼稚地種下草莓，除了每天大熱天還穿高領之外，雙保險設計，她認爲最好也不要見到嚴。

可是這天，嚴特地起了個大早，想趕在杜紀起床前去偵探社拿東西，而杜紀偏偏也早起準備要出門，他們遇上了。

杜紀完全沒將嚴錯認爲李文生，因爲現在的嚴在她眼中，實在是太帥、太有魅力了！有一種成熟中帶著落魄的感覺，她感到自己的血液循環在加速，嚴如果不是富家子弟，恐怕會更令人瘋狂！但，這只是杜紀自己的偏好罷了。

「你這樣很迷人……很好看……」杜紀誠實地脫口說出自己

的感言。

「妳不要誤會，我只是想辦法要混入葉偉正的圈子，所以……」嚴也沒錯過杜紀脖子上的吻痕，因為杜紀還穿著睡衣，「妳呢？還好吧？」嚴希望李文生不要太粗暴。

「我很好，倒是你自己要小心，他們畢竟有一個是殺人的兇手，你不必非要冒險追查不可……」杜紀臉紅地說，她已經不想解釋什麼了，只希望自己不要損失了一個天下最帥的員工。

她同時還希望自己再年輕個五歲，如果老天允許她這麼貪婪的話。

「妳放心，葉偉正應該不是兇手，我只是要確認他見到的是屍體。」

「需要我和你一起去嗎？」杜紀是真心的，她有點不想離開這個帥哥，哪怕是被人說成戀童癖也好。

「我覺得自己行動成功機會比較高，之後若有需要，我會開口請求妳的支援的。」嚴說。

他們互相祝福然後告別，嚴走出偵探社，「今天確實是適合喝一杯的日子！」他告訴自己。

嚴大約在下午七點進入葉偉正常去的海產店，不必刻意假裝，他現在看起來就是個落魄的人，彷彿嚴重失戀，李文生的主權宣示，並不能說完全沒效果。

葉偉正早已經在角落的桌子獨飲了，嚴在他隔壁桌也獨喝了一陣，坦白說，他現在已經失去查案的心情了。他想念杜紀，他承認自己忌妒李文生。但是他知道自己還年輕，連研究所都還沒去上，他也還沒想過要這麼快成家，而杜紀雖然看不出比自己年長，可是她確實已經到了該結婚生子的階段了，他不能阻止她，也沒權力。

這一晚，他果然沒心情去和葉偉正搭訕，甚至第二天，他還是和葉偉正分坐兩桌，各自喝著自己的悶酒。

到了第三天，反而是葉偉正主動和他搭訕。

「你是怎麼了？要不要過來聊一聊？」葉偉正對著嚴說，他覺得嚴看起來很失落憔悴。

嚴訝異地抬起頭，確實迷惑了幾秒，「也好……」他說，勉力地將自己移到隔壁桌。

又幾杯黃湯下肚，嚴迷惘地說：「我該怎麼辦？真的要放她走嗎？」

「唉！女人。我也不知該怎麼面對我的了……」葉偉正搖頭，又自乾了一杯。

「我不知道自己該不該愛她。」嚴苦惱著。

「誰知道？我愛我老婆，但我那禽獸的老子卻強暴了她，還讓她生下我的『弟弟』！這麼多年來，我已經不知道該怎麼面對我的女人了！」

嚴吃了一驚！「竟有這種老子！眞該下地獄！」

「我希望他在地獄裡頭！還好他已經自殺死了，這眞是我這一陣子以來最幸運的事！」

「自殺？這種人也會去自殺？眞難得！」嚴說。

「我最後一次去見他時，發現他吊死在廁所，我起初也不相信他是自殺的，天下有這麼好的事嗎？坦白說，我想殺他想了好幾年，沒想到竟然不用我動手！他自己吊死了！就算他不是自殺的，我也不在乎是誰殺了他，他死得好！我高興都來不及……」

嚴沒料到會這麼輕易就得知這樣的線索！可是他不知道，葉偉正是個孤單的男人，他沒有什麼好朋友，也無法和妻子面對交談，和兄弟姊妹感情也不親，他老早就需要一個發洩的出口了。

「你老頭死在那裡。你沒去報警嗎？」嚴問。

「我何必？他的屍體很快就被人發現了，警方也有來找我們問話，我眞的不關心他是自殺還他殺，雖然我比較懷疑是有人殺了他，因爲我老頭臉皮厚得很，我確實不相信他會去自殺，但，任何幫我殺了他的人，我都感激，我不想那個人被警察抓去。是老頭自己該死！沒有人應該和他陪葬。」

「你這麼慶幸，爲何還來喝悶酒？你的事情解決了。」嚴嘆了口氣問。

「好笑的是，我老子死後我才發現，我在躲的人是自己！我還是無法面對我的女人，雖然我愛她，但是我無法愛……老頭製造的傷，還是活在那裡……」葉偉正竟然哭了起來。

嚴很想安慰他，可是他不知如何安慰起。

躲？他自己是否也在躲避自己的情感？甚至，那裡是否眞的有那麼多情感，他都不確定。他不要自己只是一時自私，只想滿足擁有的慾望，而耽誤了別人的一生。

他不要自己變成鬼。

儘管已經順利地從葉偉正那裡求證了他想求證的事情，嚴還是在接下來好幾天，每晚繼續去海產店陪葉偉正喝酒，或者說，讓葉偉正陪他喝酒。

「我明天開始要振作了，我不會再來這裡，我希望你也是，鼓起勇氣面對你自己吧，我祝福你！」嚴說，「謝謝你這一陣子的相陪。」

「嗯！小老弟，我也祝福你！你也要鼓起勇氣去愛喔！」葉偉正笑著告別。

# 6

要怎麼和葉家大嫂接近？嚴真是傷透腦筋。

雖然葉大嫂每天都會出門去買菜，還會在住家附近公園和鄰居太太們閒聊，可是，嚴不是鄰居太太，而就算要找杜紀來，杜紀也仍顯得太年輕！

今天，正在嚴開始覺得無望時，他看見超市外面有個拖把促銷攤，營業員成功地纏住葉大嫂，還讓葉大嫂在他們的攤上試用了拖把！而這一幕，給了嚴一個好點子！

嚴立刻買了幾把鑽孔槍，弄了幾塊木頭和水泥塊，還有一些螺絲釘，隔天在公園外擺了一個「神奇鑽孔槍」的促銷攤！而且換上杜紀之前買給他穿的制服，臉上的鬍子當然都刮去了，他現在是個打工的青年。

「這位漂亮能幹的太太，快來試用一下我們的神奇鑽孔槍吧！保證輕巧好用！」嚴對葉大嫂熱情地推銷著。

「喔，我不需要那種東西，太重了！」葉大嫂急欲躲開。

「試試看嘛！太太，這把很輕巧，任何小姐都能用的，來，妳試試看又不用錢，如果覺得好用，我半價賣妳就好！」嚴說著，已經將一把輕型的鑽孔槍強迫塞進葉大嫂手中了，上面的鑽頭當然是鑽水泥用的。

葉大嫂果然不是那種很會拒絕推銷員的人，她用雙手握著鑽孔槍，往嚴送上的水泥塊鑽下去。

葉大嫂鑽得自己都一直狂笑，因爲她根本不會鑽孔，導致鑽頭在水泥塊表面上滾磨了好幾個地方，最後才成功地鑽出一個邊緣破碎稀爛的洞孔！「看吧！我就知道我對這種事沒天份！如果牆壁被我搞成這樣還能看嗎？」葉大嫂邊笑邊抱怨地說。

嚴又換了幾把不同的鑽孔槍讓葉大嫂試，最後幾次她很有進步，但還是不免把水泥塊表面劃得花花的，甚至連木頭的也不例外，她就是無法鑽出一個俐落平整的洞來。

「不玩了，這一把是多少錢，我和你買就是了！」葉大嫂指著最小號的一把鑽孔槍問，她不是真的需要，只是覺得嚴工作得很認真，讓她不好意思不買。

「這把送妳！看見太太笑得那麼美麗、那麼開心，這樣就值得了。」嚴說。

「歐——你這年輕人嘴巴真甜！我是很久沒有笑得這麼開心了，沒想到和你一起鑽洞會這麼有趣味！」葉大嫂說。

「太太帶喪，是有家人過世了嗎？」還好葉大嫂手臂上別了一塊喪事的小痲布，嚴今天近看才發現，他心中感謝著老天。

「我公公不久前才上吊自殺，還好不是我發現屍體的，不然恐怕嚇都嚇死了！」葉大嫂說著。

「聽說上吊的屍體眞的很難看，好像舌頭會吐出來還是怎樣，我沒有看過，所以一直很好奇，妳眞的沒看見喔？」嚴帶點遺憾地問。

「沒有！我公公死的那天我還有去看他，明明我離開前，他還好好地在睡覺，怎知晚上警察就來通知說我公公上吊死亡了，眞是讓人訝異。我連屍體都沒去看，因爲我太膽小，怕晚上會做惡夢。」葉大嫂說著，「你們年輕人膽子可眞大，什麼都想看！」

嚴把小鑽槍放入包裝盒裡，很高興地將它送給葉大嫂，「還是鑽孔比較有樂趣吧！希望太太妳笑口常開，覺得好用再過來。」

「眞的要送我喔?眞不好意思耶,那我就不客氣囉。」葉大嫂笑咪咪地接過盒子,也一邊離去。

現在,只剩下葉偉方了。

如何證明葉偉方是兇手?即使鑽孔是發生在他去鬼屋的那段時間,也很難證明他就是兇手。而嚴並不想冒然打草驚蛇,因爲在所有的證據都缺乏之下,也只能靠兇手自己招供承認了,要不然,這個案子永遠不會破。

他決定要再次去找指紋。

嚴私下在網路上查了不少資料,很快就發現,現在確實有更高明的指紋探測儀器,煙燻、雷射、顯影劑、多波域光源……等等等,即使已經擦抹清潔過的表面,還是難逃這些指紋探測法的偵查!所以他自掏腰包,決定從美國買一整組回來,他相信以後應該還會有用得到的地方，所以他不但親自電話下了單，還要求了對方用快遞速寄，費用他不在乎。

他相信，鬼屋浴室的天花板絕對還有找得到的指紋！

一週之內，他果然收到這些器材，他連絡了劉昕要鑰匙，但劉昕說鬼屋的鑰匙在杜紀那裡，而他十分願意陪嚴一起去鬼屋，所以兩人約在偵探社碰面，嚴於是帶了所有器具前往偵探社。

劉昕先到。

「你這些是要幹嘛？」杜紀不甚愉快地指著劉昕的大包小包問著。

「我今天要幫你們煮飯啊，人家好久沒有看見嚴了耶！他忙著查案都不准我跟，好不容易今天他答應讓我陪了，妳就不能通融一下嗎？」劉昕委屈地說，「妳自己現在這麼幸福，就自私起來了嗎？」

幸福嗎？杜紀並不知道，雖然孤獨很久的她，似乎和李文生的佔有慾搭配得恰恰好，可是她也開始有點懷疑這段感情了，尤其她因爲不知何時才要走的大姨媽一直在，因而拒絕跟李文生有更親密的舉動，這已使得李文生一次比一次更不滿不耐了，有時甚至讓杜紀有點害怕。

「除非我今晚被准許加入。」杜紀說，「我也很久沒見到嚴了，我甚至不確定他還在幫我工作。」

「怎麼有妳這種老闆啊？人家嚴可是認眞地工作得要死，妳應該要幫他加薪！」劉昕說，「要不然就放他大假！有薪假！」

「好啊，你趕快付我錢，我就趕快幫他調薪。」

「我有一期一期付款給妳耶！而妳錢收了去談戀愛，把所有的事都丟給嚴去做！」

「你還沒全額付款！你每一期只是先付必要開消費！」

「妳又還沒破案！有什麼好不公平的？」

「我不管，我今天就是要吃大餐！我需要營養，我是成長中的歐巴桑！」杜紀吵著。

「好吧，除非妳幫忙熬高湯，然後我和嚴去鬼屋妳不要跟過來，可以吧？」劉昕無奈地說，「妳的臉色確實有點差，不要太縱慾。」

縱慾？見鬼了！杜紀在心中喊冤，「高湯怎麼熬？」

所以杜紀留在偵探社按照劉昕的食譜熬高湯，而嚴和劉昕出發去鬼屋採指紋。

鬼屋還是一樣空空蕩蕩，李文生果然依約沒有來處理過，一切如昔。

嚴用了他新買的各種工具，果然在天花板、牆上、門框高處，甚至勾子上都照出指紋！他小心謹慎地一一拍照。劉昕也覺得很訝異，原來指紋並不是清理過後就會不見的。不過他更感到可惜的是，嚴的新工具完全不需要登高貼近地採集，不像杜紀那種土法煉鋼還要在那裡用刷子抹，所以他這次沒機會和嚴有肌膚之親，眞是完全大失算！

「你這工具可眞好用！我不知道還有人願意花這種錢買這些器材！」劉昕讚嘆著，當然他一直都知道嚴家很富裕，可是他不知道嚴的個性會這麼認眞。

「收集得差不多了，剩下的，就只是想辦法得到你大哥的指紋。你有沒有辦法幫忙？」

「我眞的眞的好想幫你喔！嚴！可是他們還是完全不願意理我……」

「沒關係，別放在心上，我還是有辦法的。」嚴這一陣子非常認眞工作，而且幾乎都獨立完成自定目標，因此他也在無形中增加了許多自信心。

回到偵探社後，劉昕開始去煮飯，而嚴也決定將指紋資料輸入偵探社的電腦中。

「妳到底還是不是女人啊？連照譜熬高湯都會出錯？」劉昕在廚房不滿地對杜紀咆哮，「妳坦白說，妳有沒有熬？爲何這鍋看起來像清水？」

「水煮乾了啊，我就想，應該要再加水嘛，結果水一放進去，整個鍋子變得髒死了，好像催促著我『要洗鍋要洗鍋』，所以我就把鍋子拿去洗完，再次倒入清水……」杜紀驕傲地說。

「那我的骨和我的料呢？怎麼不在鍋子裡？」

「據我所知，我們又沒有要吃它，而它煮都煮過了，既然沒有要吃，就丟了啊！」杜紀指著垃圾桶裡的骨頭，「你的食譜上不也說，最後要撈出來？」

劉昕氣得要抓狂，「妳不配當女人！妳明明不配當女人爲什麼老天給妳女體？不公平啊……」

「我可沒有浪費耶！那些骨頭我都啃過餘肉才丟的，並不是白癡地直接丟掉！」

劉昕完全哭笑不得，「妳這種思考方式也能當偵探？老天還有沒有眼啊？而且骨頭本來是要給劉瑪莉的……」

劉瑪莉？對了，是劉昕的亡狗！杜紀心裡想著，沒想到劉昕如此有情。

所以當天晚上，他們都吃微波調理食物，因爲劉昕覺得不美味、不完美的食物絕對不能算在他的名下，就算杜紀願意領罪也一樣。

「我剛剛將天花板上的指紋建檔了，我想我們應該可以去向警方報案了。」嚴又重拾喜歡報警的嗜好。

「你瘋了！你都查到快破案了，還自己買了工具機器，幹嘛讓警方白白賺了你該得的榮耀和成果？」杜紀說。

「就是嘛！嚴，你何必讓警方撿現成的？苦力都是你在做！」劉昕也說。

「如果你累了，可以和我說，我可以繼續接手。」杜紀說。

「不，我一點也不覺得累，還很擔心接下來會太閒。只是我覺得兇手遲早要繩之以法，但我們不是卻執法單位。」嚴說。

「如果警方抓到犯人，犯人會不會被定罪、定罪後判多久，這也不是警方的事。總之，我是希望我們能查到破案，既然都走了這麼遠了。」杜紀說，「嚴，你辛苦了，非常謝謝你！」

「嚴，要不要和我去喝一杯？我請客！」劉昕滿懷希望地問。

「不了，我今天想早點回家。」嚴說，「我明天要設法去拿到葉偉方的指紋，今天早點回家休息和想想辦法。」

「所以，這代表明天又沒我跟的份了……」劉昕失望到極致。

「你也該回去上班賺錢了，嚴一破案你就要繳錢了，趕快準備好。」杜紀說。

「我恨妳！小紀，我恨妳！」劉昕感覺自己完全像隻敗犬！

隔天，嚴打扮成快遞員，拿著事先準備好的箱子，來到葉偉方的公司。

葉偉方是家小型公司的負責人，因爲公司只有三四個員工，所以很多事他都要親自經手，這也是嚴事先觀察過的，所以他才準備了這樣一盒假的國際快遞。

辦公室唯一的女性小妹，看了盒子半天，不是太懂盒子上的英文，所以她只好去叫老闆，葉偉方從辦公室走出來，嚴立刻將盒子遞過去。

「先生，請你看看這是不是你們的？」嚴問。

葉偉方雙手接過盒子，仔細看了上面的英文住址和收件人，然後又將盒子遞回給嚴，「不是，這可能是隔壁棟的，雖然收件人也姓葉，但不是我。」

嚴拿著盒子走出葉偉方公司，立刻將它封入一個塑膠袋裡，然後直接駕車要回偵探社。

他就要抓到兇手了！他想。

在半途中，劉昕打電話來，他說他幫嚴想到了一個拿指紋的好辦法。

「不必了，我已經拿到了，不過還是謝謝你囉。」嚴說。

接著劉昕又說想和嚴碰面。

「我現在要回偵探社，你可以一起來，我們在那裡碰面。」

嚴覺得劉昕來也好，免得萬一杜紀在公司，只有他們兩人會有點尷尬。杜紀最近似乎待在公司的時間比以前多了，不過，她脖子上的印記可沒少過，嚴不知道該如何面對。

先抵達偵探社的嚴，進門後將身上的東西卸放在地上，準備去沖壺咖啡，卻發現杜紀昏坐在茶水間地板，還聞到一股強烈的中藥味。

「小紀，妳怎麼了？醒醒！」嚴輕打著杜紀的臉頰。

「嚴，我好像嚴重貧血了，趕快送我去醫院……」杜紀虛弱地說完，又閉上眼。

嚴眼睛一掃，火速將茶水間檯面上的中藥包塞在自己的口袋裡，接著就抱起杜紀往外衝去。

劉昕正巧在這時搭計程車抵達門口，他非常十萬分不爽看見這樣的畫面——嚴竟然抱著杜紀！但是杜紀死白沒血色的臉，確實也是明顯且駭人。

「劉昕，別下車！去醫院！」嚴急喊著。

劉昕立刻從計程車後座下車，讓嚴和杜紀上車，火速關好門，他自己無奈地跳上前座，「新光醫院，快！」他對司機喊著，還好偵探社離新光醫院非常近，不然他眞的想殺上去把杜紀從嚴的懷中推到太平洋！

嚴小心卻緊緊地擁著杜紀，雖然他有十萬個問題要問，想知道杜紀究竟發生了什麼事，不過他知道，現在都不是追問的時機，杜紀已經沒什麼氣血了。

杜紀昏昏沉沉地倒在嚴懷中，感覺到一種強烈可靠的安全感，她緊緊抱著嚴，睡去。

杜紀確實是貧血，因爲兩個月前她爲了「補氣血」，在經期未結束就開始喝中將湯，導致大姨媽死纏不去，長久下來，反而弄得自己大失血！幸好嚴出門時，記得抓了中將湯包，所以很快解答了醫生的疑惑。

「妳有沒有搞錯啊，妳都沒在看新聞的嗎？連我都知道那個來時不能喝中將湯！妳還讓自己天天經了兩個多月！」劉昕不可置信地看著杜紀。這個女人是沒常識還是怎樣？哪有人可以白痴到這種驚人的程度！

杜紀已經羞得滿臉通紅了，她眞的是不曉得，原來這樣補是錯誤的。

「我的天！這樣算起來，妳根本就還沒和大鬍子恩愛過！妳還要浪費多少青春啊？」劉昕今天話特別多，而且十分八卦，「妳們不會還只有到牽手親吻的階段而已吧？」

「在我大姨媽的堅守之下，是只能這樣貞潔自愛。」杜紀低聲地說，「而且我比較心疼的是，我這兩個月內就用了一年份的衛生棉。」

嚴不知道劉昕怎能態度自若地討論這種女性話題？他自己則覺得有點尷尬，不知該說什麼好。

但是，更讓他不知所措的是，他忘不了稍早抱著杜紀的那種感覺，他覺得自己已經快變成色情狂了！

工作！

「我拿到葉偉方的指紋了，我想先回偵探社比對。」嚴說。

「好吧，那我們回去吧，我應該ＯＫ了。」杜紀說著，想扯去手上的點滴。

「妳留在這裡把點滴打完吧！要不要我通知李文生過來？」嚴問。

「不要，先不要。」杜紀說，「我自己在這裡靜靜躺一下也好，我睡一下吧。」

嚴呆了一會兒，感覺杜紀似乎有心事，「那要不要我晚一點來接妳？妳總不能走路回去吧？我也沒有把妳的包包提出來。」

「好，你晚一點來接我。」杜紀回答。

出乎嚴大大的意料之外，葉偉方的指紋竟然和鬼屋浴室天花板的指紋不合！

「怎麼可能？究竟是哪裡出錯了？」嚴不解地說。

「難道我老頭眞的是自殺不成？」劉昕說。

「那我也得要找到他的指紋來比對才行！」

「老頭已經火化了耶，還有指紋可以找嗎？」

「說得也是……這可眞是不妙！」嚴陷入思索，「我決定先去收集葉家所有人的指紋！乾脆全部都一一比對過！」

嚴的耐心眞是出乎劉昕意外，換成是他，大概早把電腦砸了，劉昕心想。

「現在大概可以去接小紀了。」嚴說。

「好吧，但我覺得我們應該打個電話通知李文生，他是她男友，應該要通知。」劉昕急忙建議，他覺得嚴對杜紀太好了。

「問小紀吧，看她怎樣決定。」

「唉！我也應該去賣血賣到昏迷。」劉昕忌妒地說。

嚴開車載著他們倆到醫院，杜紀躺在病床上，呆呆地盯著天花板。

「來接妳囉，妳覺得怎麼樣？」劉昕問。

「好多了，謝謝你們，我可以走了。」杜紀從床上爬起，這才發現她連鞋都沒有，因爲是嚴抱著她來醫院的。

「喔，這妳眞的要感謝我！」劉昕從自己的袋子裡拿出一雙飯店拖鞋，他十萬分驕傲自己的有備無患，再讓嚴把杜紀抱回去，他就要謀殺杜紀了！

杜紀眞的確定劉昕有小叮噹的口袋，「你的袋子裡究竟還有些什麼寶啊？我十分好奇你過的生活，你不會這一陣子都在陽明山上紮營數流星吧？」

嚴當然是聽不懂杜紀的笑話，不過劉昕自己很清楚，「恐怕快需要了……」他說。

一回到偵探社，李文生已經等在門外了，看到杜紀搭著嚴的車回來，而且腳上竟還穿著飯店拖鞋，他的神情壞到嚇人，他的雙眼彷彿看不見劉昕的存在。

劉昕趁機將自己的手插入嚴的臂彎，他說：「我們才剛去醫院把杜紀接回來，你不要誤會，杜紀嚴重貧血，你不要欺負她！」

李文生的臉色果然立刻緩和下來，杜紀心中非常感謝劉昕，連嚴都暗暗地感謝他，因爲不管李文生是如何不快，他覺得杜紀不該在這時接受任何質問。

「那謝謝你們照顧她囉，」李文生說著，走向杜紀，「寶貝，妳讓我擔心死了，我找妳一整天都找不到人！妳進去收拾行李，今天晚上到我那裡睡，我來照顧妳。」

杜紀這次眞的是戀愛得很認眞，嚴在心中想著，因爲他從沒見過這麼好說話的杜紀，他記憶中的杜紀是強悍的、不太守法、不太道德，甚至是膽敢威脅刑警的！而現在的杜紀完完全全就陷入了戀愛的制約中，不但菸抽得少，髒話也少了，已經像個正常的女人了。

然而杜紀知道，就算她不過去李文生那裡，李文生也會強要留在偵探社守她整夜，所以在哪裡有差別嗎？還不如把偵探社空出來，讓嚴方便工作。

所以杜紀很快就收拾了簡單行李，和李文生離去。

嚴用藉口打發掉劉昕，他想再去海產店，看看葉偉正還在不在，除了可以有個聊天喝酒的對象之外，他也可以找機會拿到他的指紋。

果然，葉偉正還在，而且葉偉正非常驚訝會看到嚴又出現，雖然嚴的鬍子已經刮掉了。

「小老弟，我不知道該說很高興又見到你，還是不該？」葉偉正說。

「我也一樣，我心中期望不要再見到你，可是同時又有點希望。」倒不是希望葉偉正不要振作起來，而是嚴覺得，這種時間只有他是個談心的好夥伴。

「你是放手了，還是決定堅持到底？」葉偉正問，同時招呼著嚴入座喝酒。

「都是，也都不是。」嚴說。

「喔？怎麼說？你渡渡我這個老大哥吧？」

「不敢！應該謝謝你渡我！我敬你。」嚴一口氣乾了自己的杯子。

「我？我自己身陷泥淖，我何德何能？」

「你讓我覺悟我不想變成鬼。你讓我知道我躲的是自己。你讓我知道，該怎樣去愛一個人……」

「你愈說我愈迷糊了，你該不會之前已經在哪裡喝過了吧？」葉偉正笑著說。

「放開吧！同時堅持相信……」嚴說，「放棄愛的人是最窮的，我不希望看見你破產，我不希望看見你無家可歸！你老頭留給你的只是一堆銀紙，但是我希望你能有錢，有人間的財富……」

葉偉正似乎聽出了什麼，「好老弟！好老弟！」他笑著，「我們今晚不醉不歸吧！就今晚！」

嚴果然喝得酩酊大醉，不過，他還是沒忘記趁葉偉正去洗手間時，偷換了他的杯子和碗盤，把留有他雙手指紋的杯碗盤都塞進自己的袋子中。

清晨三四點時，他和葉偉正雙雙躺在海產店停車場旁的草地上，在嚴醉得睡去之前，他看見滿天星空，他想著杜紀的眼睛……

隔天回到偵探社，嚴將葉偉正的指紋也建檔，還有葉大嫂的指紋也在先前的數把鑽孔槍上順利取得，現在只剩葉欣宜和葉家二嫂了，還有葉老頭的。

葉老頭？他突然想起鬼屋裡還有葉老頭的床在那裡！以葉老

生前的身體健康狀態來看，他每次起床應該都會去扶床板或床杆撐起身體吧？

沒錯，應該試試！

嚴立刻又回到鬼屋，果然發現床緣和床杆有不少指紋，他一樣再度一一小心拍照存證。然後在晚餐時間，他又回到葉欣宜常去的餐廳。

「是你，你姊出了什麼事嗎？」葉欣宜擔心地問。

嚴很訝異葉欣宜的反應竟然是這樣！「這是什麼意思？難道有什麼關於李文生的事，妳沒老實告訴我？」

葉欣宜嘆了一口氣，「我們先坐下吧。」她請服務生另外給她和嚴一個角落的桌子，嚴也點了一杯咖啡。

「李文生不是壞人，但是他佔有慾有點強，所以我到後來，漸漸開始覺得他不是個好對象。」葉欣宜說，「不過，他沒對我暴力過，所以我才覺得他應該還ＯＫ，沒有警告你……」

「但是他一定有讓妳覺得很不對的地方，所以妳今天見到我，才會直覺以爲我姊出事了！」嚴緊問著。

「但我並不確定！我……」葉欣宜咬了自己的唇，猶豫了一下之後，又繼續說：「我生長在一個暴力的家庭，我父親對我拳腳相向直到我二十歲，導致我一直有點懼怕男人，我永遠都在懷疑，一個男人向我走來就是要打我，我至今和男人交往最久的不超過半年。所以，我總認爲應該是我自己有問題，不是別人……」葉欣宜雙手緊握著咖啡杯，像是在取暖。

「因此妳就認爲李文生沒有問題，有問題的是妳？」嚴問，「妳交往的對象中，每個人都給妳像李文生那樣的感覺嗎？」

「多多少少，但李文生是之中感覺最嚴重的，雖然他眞的沒有打過我……」

「妳能不能舉例一下？他讓妳害怕的作爲或舉動？」

「我發現他有時會跟蹤我，經常問我去了什麼地方、見了哪些人，我……因爲有某些私人因素，對親密行爲有些排斥，但他……他經常想強迫我，我甚至……懷疑，有一次他差一點要強暴我，不過我把他打退了，我情急之下踢了他……的弱點，才阻止了他。」

如果是以前的杜紀，嚴很有信心，杜紀絕不會猶豫地使出這樣的狠招，但是現在的杜紀，他不確定。

「我很抱歉，讓妳講了這些難堪的事！」嚴誠懇地說。

「你姊有怎樣嗎？她還好吧？」

「我也不清楚，但是她讓我有些擔心，她不太像是原來的她自己，我一直以爲這只是因爲她在戀愛，女人在戀愛時，總是會改變……」

「我希望沒有太晚，我也很樂意證明一切只是我自己的心理因素，不過如果連你也覺得怪，我想你應該要警告你姊！」葉欣宜擔心地說。

「謝謝妳，我會看看該怎麼做。」

離去之前，嚴再次偷了葉欣宜用過的咖啡杯，他覺得自己快成爲專業的餐具小偷了。不過這一次，他有留一筆可觀的小費在桌上。

連著兩天都沒再見到杜紀，嚴很擔心，打了杜紀的手機，發現它是關機的。他非常後悔先前沒有問過杜紀李文生家在何處，不過，他當然很快又想起葉欣宜，她必然知道。

不過他也沒有葉欣宜的聯絡方式，所以他打電話問劉昕。劉昕雖然被葉家人拒絕往來，電話號碼卻總該是知道的！

劉昕當然是直接要見嚴，要和嚴碰面。

「李文生家？你早問我就可以了啊！我知道！」劉昕會知道李文生住處，當然是因爲他曾經跟蹤過他，他曾短暫地迷戀過李文生。

「你怎麼會知道？」嚴懷疑地問。

「喔……是小紀，小紀有告訴過我！」劉昕急忙撒謊。

「很好，問題簡化了，現在就請你直接帶路，我們去找小紀！」

「爲什麼要找她啊？人家可能現在很恩愛耶，幹麻去破壞？」

劉昕不滿地說。

「她兩天沒回來了，手機也關了！我只是要確定她還好好地活著，不是要去打擾她的幸福，ＯＫ？」

「好吧……」劉昕覺得杜紀欠他很多！

嚴和劉昕終於在中午左右抵達李文生的家，令他們意外的，是杜紀自己來開的門，而且她看起來容光煥發，之前的貧血狀況顯然已經解決。

「哇！我好想你們，快進來！」杜紀開心地叫著。

「李文生不在嗎？」嚴問。

「他要上班啊！晚上才會回來。」

「哼，妳氣色不錯嘛！我們的鬍子男強嗎？」劉昕忌妒地問，他想知道自己失去了什麼。

「你好色喔！流星！」杜紀臉紅地說。

「喔——求求妳告訴我吧！小紀！看在我送妳拖鞋的份上！」

「好吧！老實說就是我還沒試用過，真的不知道！」

「妳瘋了？妳還能忍嗎？也不想想妳這幾年來失去的！」劉昕叫著，「難道妳還在貧血？」

「沒有了，但也是昨天才停。而昨天下午文生急著被叫去處理一塊在台中的土地，所以南下出差了，今天晚上才會回來。」杜紀說。

「妳的手機為什麼關機了？」嚴問，他已經放心許多，不過他還是覺得杜紀應該要有個自己的電話比較好，萬一有急事也能方便聯絡外界。

「是因為沒電了——我忘記帶充電器！又擔心文生打電話回來找不到我會生氣，所以我也沒回偵探社去拿。」

「所以今晚應該是期待已久的幸福囉？」劉昕興奮地說著，「要告訴我喔！我要聽報告。」

「可以啊，按等級、按人頭收費收聽。」杜紀說，「只收現金。」

「妳這個死要錢的，從頭到尾就這一點沒變！」劉昕不滿。

嚴則一點也不想聽到這些，確定杜紀沒事，他很高興，不過，那裡還是有個奇怪的情緒悶壓在他心中。

工作！投入它吧！

「確定妳沒事就好，我也要回去工作了，等一下我會幫妳把手機的充電器送過來。」嚴說。

「不用不用！小紀的手機和我的是一樣的，我有多帶備份電池，充好的！」劉昕果然是什麼都有！他從包包中拿出手機電池，遞給杜紀，「免錢——不像妳那麼小氣！」他說。

這麼快就要走了嗎？杜紀很想這麼說，但是又把話吞回去，她不想佔用嚴，她覺得嚴已經爲她做了太多了，而她自己也已經夠自私了。

「謝謝你們來看我，有朋友眞好。」杜紀說，「流星，謝謝你的電池！我會免費告訴你，你想知道的。」

最後一位——葉家二嫂的指紋。

嚴的專注，似乎讓他一直以來工作得非常順利，葉家二嫂的指紋蒐集也不例外。

他發現，像盒子、大盤子這類的東西很容易拿到十指的指紋，所以他準備了兩個大盤子，問了劉昕他二嫂家的住址，故意上葉家去做「市調」。

「太太妳好，我是潛意識廣告公司的市調員，想簡單問個問題，看您對這兩種花色的盤子哪個比較喜歡？」嚴將兩個盤子一起遞過去，「慢慢看沒關係，喜歡的那個您可以留下，算是我們公司的一點酬謝。」

葉二嫂本來對這些推銷員都沒興趣，但是想想只花幾秒鐘就有個盤子拿，何不？她接過盤子，由於比想像中重很多，她急忙雙手都去接著。

「眞的免費送？沒有什麼要求？要留私人資料這些的？」葉二嫂懷疑地問，這年頭詐騙花樣太多！

「完全不用，妳連名字都不必給我，這是不記名的市調統計而已。」嚴回答。

葉二嫂仔細地、分別地將兩個盤子捧在手上，看了又看，大約一分鐘後，她做出決定：「我比較喜歡這個青花的。」

「好的，那個盤子您可以直接留著，請將另一個遞回給我，非常謝謝！」嚴說。

很快地，嚴將盤子封入塑膠袋中，直奔回偵探社。

所有五個人的指紋都有了！再加上葉老本人，總共六位，其中只有大哥葉偉方的指紋比對過，其餘的都還沒。

他把指紋都輸入電腦內一一建檔後，準備開始比對，劉昕也又再次來了，他在廚房快樂地忙著。

稍早從李文生住處離開後，嚴向劉昕說明他要去拿葉二嫂的指紋，劉昕不能跟，不過劉昕懇求說要煮晚飯給他吃，所以這段時間他可以去買菜，然後晚一些再和嚴在偵探社會合。嚴只好答應他。

嚴先比對葉偉正的指紋，因爲他最希望不是他。

還好不是！他鬆了口氣。

接著是葉欣宜，他也希望不是她。

果然不是！

接著，葉二嫂。雖然嚴和她沒有交情，不過她是葉偉正的妻子，他希望他們一家能夠脫離陰影，取得自己的幸福。

太好了！不是！

接著，葉大嫂。

又不是！

剩下的，只有葉老的指紋了，難道他眞的是自殺的？

嚴把葉老排在最後，是因爲他不確定那張床的指紋一定都是葉老留下的，不過他在那張床上採集了很多指紋，至少其中有幾枚會是葉老的吧？

然而，令嚴幾乎不敢相信的結果出現了！

所有的指紋都不是鑽孔的人，甚至葉老本人也不是！

難道那個房子眞的鬧鬼？難道那會是鬼的指紋？

嚴不敢相信！

「眞不知李文生和小紀現在進展得怎樣了？」劉昕拿著兩杯餐前酒出來，想和嚴先製造一點生活情趣。

突然，一種極度不安的感覺向嚴猛烈襲來。

李文生！

有可能是李文生！他監督、佔有女性的手段瘋狂，或許受不了葉欣宜一直有的懼怕的困擾，所以自己決定除去葉老？聽起來似乎有些誇張，不過，連杜紀那樣的人都不敢離開李文生住處，或許李文生比他們想像中的都更糟糕！

「劉昕，我們快去李文生住處！」嚴抓著袋子就往外衝出去。

劉昕拿著兩杯酒慌了手腳，「可惡的杜紀，我這次一定要殺了妳！」匆忙地喝了一口酒，萬分不捨地放下酒杯，劉昕也跟著衝出去，「小嚴！等等我！」

終於是這一刻了！

杜紀不是沒有懷疑，但是李文生長得這樣好看，而自己也不是個沒有慾望的僧尼，即使李文生不適合她，先享受一段歡愉，應該也是可以的吧？她告訴自己。她已經是個熟女了，而且彼此都沒婚姻約束，就算一切只是一夜情，也沒有人可以指責他們吧？

李文生像是出籠的野獸，終於制伏了他的獵物，所以他不急，他要好好享受這豐盛的一餐。

他深吻著杜紀，從額頭到臉頰，到嘴唇，他盡情地掠奪他可以掠奪的，一點一滴都不錯過，然後他滿足地移到杜紀白皙纖細的脖子，開始解開杜紀的衣扣，再往下移，一對豐滿柔軟的雙峰浮現……

然而，正在這一刻，外面突然發出了巨響，接著，他的房門被踹開！

嚴衝了過去，拿了一件外套包住杜紀，把杜紀從床上抱起來交給在後頭的劉昕。

「這算什麼？大情聖最後一刻決定要反攻了？」李文生坐在床上挑釁地說。

「我懷疑你是殺人兇手！」嚴冷冷地說。

「什麼？我簡直不敢相信我的耳朵！你就不能找更好的藉口嗎？你還是個男人嗎？」李文生開始生氣了，「你就不能大方承認你愛上杜紀，來個堂堂正正的君子之爭嗎？非要把我抹黑成殺人犯，來個英雄救美，好顯得你的懦弱變得勇敢？」

「懦弱害怕的人是你！要不然你也不必擔心會失去自己的女人，而一天到晚緊迫盯人！」嚴回答著。

「說得好！我或許確實缺乏信心，那你呢？你遲遲不敢愛，又是爲了什麼？」李文生緊緊追擊。

「小紀不是用來滿足我或任何人的私慾的，我要她幸福！但不是她反被人佔有、被人掠奪！而是她要得到應有的幸福！你不是在給她愛，你是在剝奪她，要她給。」

「哼！我給不了的，你就給得了嗎？我至少十分願意娶她！

你不敢要，不就是因為你不敢承諾嗎？」李文生精準地擊中嚴的要害。

「我不知道這種事是比快的？」嚴說。

杜紀忍不住地笑了出來！雖然她也知道不應該。

看見杜紀笑，李文生倒是惱了。

「夠了！你們全都給我出去！不然我立刻報警！」李文生站了起來，走到電話邊，仍又回頭對杜紀說：「寶貝，如果妳願意，還是可以留下來。」

「算了！我要和我的朋友一起走。」杜紀回答。她已經失去陪伴李文生的心情。

然而一出李家大門，杜紀就不解地問嚴：「為什麼你會說他是兇手？」

「因為葉家所有的人的指紋，包括葉老本人的，都不是天花板或掛勾的指紋主人。」嚴回答，「所以我懷疑兇手是李文生，如果壞了妳的好事，我很抱歉。」

「啊——我確實是很飢渴，不過如果李文生是兇手，我寧可渴死，」杜紀說，「要不然就只好要你賠囉。」

「妳想得美！妳不要恣意掠奪小嚴！」劉昕趕忙跳出來消毒空氣。

「小紀，Anytime! For you only。」嚴笑著說，他覺得杜紀又回來了。

「我呢？那我呢？小嚴！」劉昕絕望地哀嚎。

「你問『我』？你當然不是我能服務的，你應該找個女生吧？」嚴仍然是個呆頭鵝，「看小紀要不要服務你吧？」

「我？有沒有搞錯啊？」杜紀狂笑著！她覺得嚴實在是很可

愛，同時也非常同情劉昕！

嚴很高興看到杜紀大笑，然而，卻很快又想起工作，這似乎已成爲他的另一項嗜好——繼報警之後！「眞遺憾沒機會拿到李文生的指紋，說不定他眞的是清白的。」

杜紀想了一想，說：「嚴，你的機器夠不夠先進？我想我身上應該有他的指紋。」

「沒錯，太好了！我們趕快回偵探社，機器在那裡！」嚴興奮地開始飆車。

「我的天，杜紀妳實在太過分了，竟然這樣引誘嚴！我看不下去了，我要回家！」劉昕心碎地說。但，之前嚴對李文生說的那些話，恐怕才是讓他心碎的源頭，他覺得嚴對小紀很情眞。

不過嚴並沒有讓他下車，他還是把所有人都載到偵探社。

而劉昕，發現自己出門前忘記關爐火，晚餐當然又毀了，他整個人心情盪到谷底，眞的包包收了就走人了。

「還好沒發生火災！」杜紀只能這樣欣慰著，「我可沒有保房子的火險！」

「嚴你還沒吃晚飯呢！要不要先塡飽肚子？」杜紀問。事實上，要在她身上採指紋，也讓她非常害羞緊張，尤其，她並不是對嚴沒感覺。

「我們還是先把這件事完成吧，聽說指紋在活人身上非常不易採到，而且即使在完美的情況下，也只能存在大約九十分鐘，還是不要拖太久。」嚴說。

「那我們去會議室吧。」杜紀說完，逕自往會議室走去。

嚴帶著所有的工具隨後進去。

他不由自主地微微顫抖，站在他眼前的，是半裸的杜紀，歲月完全未拿走她的一分美。

嚴在杜紀臉上、脖子上和手臂上都採到了一些指紋，或許他們眞的去干擾得很早，胸部到腰只有一片美麗驚嘆的好風光，並沒有任何指紋。

「嗯，我照好了，但是保險起見，妳還是把身上的衣服留給我吧，衣服上應該也找得到一些指紋。」嚴冷靜地說。

杜紀原本正急著穿上衣服，聽到嚴這樣說，又把衣服脫下。

「我想先去淋浴，等一下再來看結果。」杜紀留下衣服，紅著臉火速往外走去。

嚴並沒有親口承認喜歡她！杜紀回想著先前李文生對他的逼供，她感到有點失落。

但是她覺得嚴比她想像得成熟，以往她只把他當個年輕小夥子看待，現在她覺得嚴是個不折不扣的男人！該死的是，她這個老女人竟對他有慾望！不可以，妳不可以眞的變成戀童癖！她警告自己。

可是嚴說Anytime耶……杜紀極端不捨地想著……一個吻總可以吧？一個吻就好！老天，我已經很自制、有品了！我絕對不會再要更多！她承諾著耶穌和佛祖。

嚴將李文生的指紋影像輸入電腦中建檔，等著杜紀。

如果李文生不是兇手，他一定要好好地道歉，而且也還要向李文生道歉，無論如何。他想。

而現在，他不知道該不該祈禱李文生是兇手。如果他不是，杜紀會不會重新回到他身邊？高高興興地結婚生子，實現她自己的夢？

如果是這樣，他自然絕不該阻止，李文生或許不是很能付出的類型，但他也不是壞人。

而他自己還沒有結婚成家的打算，不能給杜紀任何承諾。

「怎麼樣？你比對了沒？」杜紀洗完澡，還淡淡地化了個妝，而且還只穿上浴衣，她要那個吻！她鐵了心，不論是勾引或強奪都行！她一定要那個吻！

「還沒，在等妳，我很緊張，因爲說不定我很快就要向妳下跪道歉。」嚴說。

「好吧，讓我們來揭曉吧。」杜紀拉把椅子坐在嚴身邊。

結果，依然不是！

李文生也不是鑽孔的人。

「我的天，我眞的完完全全破壞了妳的幸福！小紀，對不起！」嚴認眞地道歉，「要我下跪嗎？」

「不必，一個吻就行！」杜紀鼓起勇氣，厚著臉皮說。

主動閉上眼，杜紀等著那個吻，可是，嚴的吻卻只落在她額頭上。

她張開眼睛看著嚴，遺憾自己沒和耶穌和佛祖說清楚位置！太糊塗了啊！

「眞的這麼小氣嗎？」她抱怨著，對耶穌和佛祖。

嚴再也無法忍受地將杜紀一把拉進自己的懷中，再一次，極其溫柔地吻上了杜紀的唇，很久很久他都不願放開……

杜紀完全沉浸在這美妙的擁吻中，耶穌和佛祖畢竟待她不薄。然而，她也馬上忘記自己的承諾，她想要更多！她緊緊地抱著嚴，決定如果嚴想要繼續下去，她也絕對會配合到底。

「我的天！是劉昕！」嚴突然大叫著！

「謝謝妳給我的靈感，小紀！妳有神奇之吻！妳眞是我的女神！」

而杜紀也立刻清醒過來，震驚地同意：「沒錯！是劉昕！我太糊塗了，我竟然忽略了你調查的線索！自動把劉昕排到最後！我對不起你的辛苦！」

他們倆立刻很有默契地整裝外出，由嚴開車，直奔劉昕住處。

# 7

劉昕在家。

事實上他早就等在那裡。

「流星……爲什麼？」杜紀問。

「小紀，算時間妳沒做喔！實在難以相信妳自制力有這麼好！」劉昕還在開玩笑，但臉上並無太多笑容。

「又不是我停下來的……」杜紀說，不過她已經沒有遺憾了，耶穌和佛祖早就給超過了。

「抱歉，我會加倍補償妳。」嚴一時難掩開心喜悅地說。

「我眞羨幕你們！我眞的好羨幕！」劉昕掩面啜泣起來。

嚴和杜紀都沒說話，哭泣的人最大，他們有默契、自動地給劉昕所有的時間和空間。

「我老爸，在我五歲那年就性侵了我，我當時還小，什麼都不懂，我以爲每個小孩做錯事或頑皮，都是這樣被父親處罰的，我也沒有告訴我媽，我不知道自己爲何沒說，也許我早就知道這樣是不對的！也或許是因爲我們的家計全是靠爸爸，我不願意讓媽媽和自己失去生活的依靠……

「一直到我十五歲時，我母親終於撞見了，她當場崩潰，變得有點神志失常，而我那時也早知道我父親對我做的事是錯誤的，但是我當時發育不良還很瘦小，完全不是他的對手，我媽也已經失去工作的能力，而我還在求學，我需要父親的資助……

「在這段過程裡，我的人格早已扭曲，我漸漸變成自願受害的人，我變成希望有人可以給我依靠，就算是要我當奴隸我也不在意。」

「既然如此，你當初爲什麼還會和你父親鬧翻呢？」杜紀不解地問。

「因爲他拒絕讓我當葉家人！我從沒姓過葉！我當初是騙嚴的！我爸早已立好遺囑——一個沒有包括我在內的遺囑！我感覺到強烈的背叛，而我那些葉家兄姊根本也不關心我，可能也沒有能力關心我，我老頭即使是衰老了也仍強悍，沒有人能改變他什麼！」

「那你又爲什麼要委託我們查案呢？」嚴問。

「嚴，我一直很喜歡你！你看不出來嗎？我委託每個案件，都是爲了接近你！我承認我並不認爲你有那麼棒的查案本領，我甚至很訝異像小紀這麼笨手笨腳的女人，竟然能憑著那些線索解得開先後順序——差只差在，她一開始就自願相信我是最後到場的！但我不是。在我回到鬼屋時，我發現有人來過，我把老頭叫醒問話，他說他打電話給所有的人——雖然他說不清誰到過、誰還沒到。我瞬間十分生氣，他從沒認爲我是可靠的人，永遠把我當外人！盛怒之下我突然發現，我可以殺了他！鬼屋的傳聞我早知道，而今天所有的人都會陸續來！還有什麼是更好的時機呢？我於是給他吃下更多安眠藥，才這麼做沒多久，就聽見有人在屋外開門，我立刻帶著我的東西躲進衣櫃，是我大哥進屋，但是他發現老爸在睡覺，很快就離去，而且他離去的聲音非常安靜。

「不騙你，我當天確實有帶著鑽孔機，那是本來準備要佈置一下鬼屋、掛一下畫用的。但我畫沒掛，反而去廁所天花板上鑽了個洞，把昏睡中的我爸抱去廁所，套上繩子，把他拉上去吊死在那裡！

「接著我把畫和鑽孔機都暫時藏在壁櫥，自己則又躲進衣櫃裡，等了很久，終於等到我二哥到來，但他連個尖叫聲都沒發出，只是在現場呆立了一會，又默默離開。他離開後我立刻拿抹布去天花板、牆壁上擦抹指紋，不過我刻意留下鑽孔的灰，因爲如果打掃得太乾淨，就會看起來像是我。」

「我又等了很久，不再發現有人來，於是就悄悄地把畫和鑽孔機帶到頂樓屋頂藏著，我想就算稍後警方搜屋，應該也不會去想到要搜屋頂，果然他們沒有。」劉昕說完冷笑了一聲。

「你說葉家的人都拒絕和你說話，這應該也是假的吧？」嚴問，因爲他接觸的葉家人中，感覺似乎也沒有那麼難接近。

「當然是假的！怎能讓小嚴你這麼方便問案呢？我本來是希望你們知難而退、混水摸魚就好，但我沒想到小嚴你會那麼認眞，甚至認眞到自己去國外買工具，這完全出乎我意外！我以爲小紀一旦認眞談戀愛、無心工作，嚴也就會跟著混日子，哪知嚴會爲了忘記小紀，竟反而更加認眞投入工作！」劉昕落寞地說。

「李文生不會是你安排的吧？」杜紀懷疑地問。

「當然不是！我只是幫小紀妳打扮，眞心地希望妳和他墜入愛河！我是認眞喜歡嚴的，我不希望小紀搶走他……我爲了嚴也冒了很多險，不是嗎？竟然讓他查案……」

「劉昕，謝謝你的喜愛。」嚴誠懇地說。

「不客氣，栽在你手上我很甘心，比被任何其他人抓到都甘心……」劉昕說，「現在請嚴帶我去警局投案吧！我希望你陪我這一程。」

嚴當然沒有拒絕劉昕最後的要求。

# 8

一切終於落幕了，劉昕向警方投案，而令人訝異地，葉欣宜和葉偉正夫婦倆都上法庭作證，葉老像魔鬼般的作爲，正式被公諸於世，不但震驚了社會輿論，也令法官相當同情劉昕的際遇，再加上嚴也聲稱劉昕是自首的，劉昕於是被判了十年徒刑，而且若在獄中表現良好，將能提早假釋。

杜紀和嚴都鬆了口氣。

嚴也找時間去向李文生道歉，不過李文生已經不太在意了，因爲他很快地，已經又交了個女友了。

嚴偷偷收養了劉瑪莉，算是報答劉昕對自己的喜愛。

他也曾帶杜紀去海產店吃飯，很高興地發現，葉偉正已經不在那裡了。

這一天，嚴又開心地前往偵探社上班。

自從吻了杜紀那天之後，他和她開始像對情侶，雖然目前還一直停留在牽手擁吻的純潔階段，不過他已經非常快樂滿足，每天都迫切地想見到杜紀，每晚則十分不願意離開她。

一進門，他立刻去尋找杜紀，她正在會議室喝咖啡。

嚴走向她，低下頭要吻她，「嗨，我的女神……」

但今天，杜紀躲開了他，「我今天開始要『戒』嚴了，再這樣吸毒下去，我就沒救了。」她說。

「小紀，我……」嚴打算誠心向杜紀說明自己的狀況和心意，但立刻就被杜紀打斷了。

「我沒想過要嫁給你，嚴，我想我只是一時意亂情迷，貪戀你的美色而已！我事實上覺得自己挺失控的，好像著魔了，希望你別介意。」杜紀半誠實地說。她確實認爲嚴不是眞命天子，她完全不想嫁給比自己年輕太多的人，也覺得自己應該努力尋正果，三十多歲的女人不能再貪玩。

「呼！這可眞是痛，小紀！」嚴感覺自己已經停止呼吸了。不過，他知道杜紀的夢，也知道那不是他能立刻給的。他願意守著她，可是不能要求她也照辦。他有時間，她沒有。

「眞可惜，我以爲我們之間開始有些什麼的……」嚴釋懷卻不捨地說。

「有靈異現象啦！我承認有貪心鬼曾上了我的身——我天眼開了，我知道。」杜紀強迫自己拉開和嚴的距離。

這眞是個世界上最艱難、最正直的舉動了，她想，畢竟她也是個人，也會經不起誘惑。只希望自己如此正直之後，耶穌和佛祖能早日把眞命天子送上門！

「我很抱歉，我把個人私慾都發洩在你身上……」杜紀眞誠地說。

嚴看著杜紀一臉歉意的神情，伸出手摸了摸杜紀的頭，「Any-time，小紀！而且我會活下去的！」

「還有什麼工作沒有？找貓狗、抓姦的？什麼都可以。」嚴接著問。

他們兩人都笑了……

# 附錄 交換意見——挖掘張妙如的創作來源

「個人意見」部落格 陳祺勳

今年國際書展時，我終於有機會第一次見到了（穿著自製衣服的）張妙如小姐本人，雖然我並沒有當場演出尖叫昏倒這種戲碼，但我在內心一直吶喊著「這是眞的嗎」（其實我有點想觸碰她一下來確定那個實體感，但最後還是忍住了）。

據說她對於見到我本人要穿什麼衣服感到很緊張，在她講到這件事的時候，編輯居然大表同意，說只要看見我瞄他們一眼，就馬上心頭狂跳口乾舌燥，深恐自己做錯了什麼，其實我對親身認識的人在我眼前穿什麼是不太在意的，也很少（咳）對他們有所批評，而且因爲這種話聽得太多，現在我正在戒除這個習慣。

因爲想到張妙如居然介意她的穿著我有何評價，所以我想談一下網路時代的天涯若比鄰，不只是那種她明明還在噗浪上說「我還在西雅圖的家裡，到機場要遲到了」，但過沒多久就隨即出現在台北的神奇感，也因爲網路讓我們跟許多以前遙不可及的人都更親近，也許我算是一個特別幸運的例子，但現在不管是誰都可以加入她的噗浪帳號一同分享她的人生細節，這在沒有網路之前是不可想像的事。喜歡一個人的作品，最終都會對那個人感到好奇，很多人寫的作者研究或書評，最後讀起來都像是作者生命細節的介紹，在這一回合裡面我們聊到很多生活瑣事，如果上一回合是我們客客氣氣互稱張小姐陳先生聊一些書的話題，這一回合就更像是我們在了解彼此了。

1.

我想應該很多人都知道妙家裡是開洗衣店的，洗衣店一向讓我目眩神迷（那麼多人的衣服！還有別人的人生！），所以我逮著機會便問她有關洗衣店的事。

個：「忽然想到，妳家以前開過洗衣店對不對？」

妙：「現在還開啊！你果然是老讀者。」

個：「有沒有收過什麼令人印象深刻的東西？」

妙：「內褲算不算？男性的，發黃這樣。」

個：「那眞的很令人印象深刻。不知道爲什麼要送洗衣店……」

妙：「因爲家裡沒有洗衣機？然後，以前自助洗衣店又不多的關係吧？我家的洗衣店開很久了，所以這是滿久以前的事。」

個：「我去洗衣店的時候，其實有時候看吊在天花板上的衣服會心想，憑什麼這也要拿來洗衣店？」

妙：「我經常也這樣想。而且好多客人自己也說，洗兩次就能買一件新的了，但是他們還是會拿來洗。」

這裡顯示出本人熱愛品頭論足的一面，我總覺得衣服上面的汙漬是人生的具體展現，所以那位拿內褲去洗的先生想必做人坦蕩蕩，才能放心的把那麼貼肉的東西拿去給不認識的人清洗（不過，若是給半生不熟的人清洗，似乎又更加的、更加的，令人精神緊張）。

個：「那……沒有來拿回去的衣服怎麼辦？」

妙：「超過兩年，資源回收。其實我也不知是幾年，但總是有個期限。」

個：「那萬一是很高級的東西呢？應該可以網拍之類的吧？」

妙：「如果還不錯的衣物，我們會自己拿來穿。我有接收過幾件衣服。」

個：「眞的？洗衣店的隱藏好處跟我想的一樣！」

會提到洗衣店是因爲她在噗浪上提到google map的街景照片拍到她娘家的洗衣店，我隨即想起春麗漫畫裡面春麗到洗衣店借衣服的橋段，說眞的，如果我家開洗衣店，我可能也會很難抗拒偷試穿這種誘惑。

接下來我們聊到繡補，很多人可能看都沒看過這兩個字，更不可能知道這是什麼技術，多虧妙的解釋，讓我解決了多年來的疑問。

妙：「我媽和我都會改衣服，尺寸不合可以自己改。」

個：「所以你家也有在做繡補嗎？」

妙：「以前有代收——這是精密功夫。」

個：「繡補到底是什麼？」

妙：「現在沒有師傅在做了。就是你若有件衣服破一個洞，師傅從縫分處抽紗出來，然後依織物原織法把洞補起來，看起來就像衣服沒破過。」

個：「那就是界線！紅樓夢裡面說的界線！」

妙：「應該沒錯，雖然我不特別記得紅樓夢這一段。」

個：「（紅樓夢原文）先將裏子拆開，用茶杯口大的一個竹弓釘牢在背面，再將破口四邊用金刀刮的散松松的，然後用針紉了兩條，分出經緯，亦如界線之法，先界出地子後，依本衣之紋來回織補。」

妙：「說起來紅樓夢我也看過三四次了，竟然完全沒注意到那一段。我讀書很混啊！」

個：「不過可能每個人注意的地方不一樣（而且也是因爲這樣所以要看很多次）。」

妙：「嗯，但我可以說，每次說到食物細節，或是什麼中藥調理那些，我都跳過去（因爲不認爲自己會懂）。」

個：「中藥調理那些我也不太會看，但其他細節我都會很仔細。」

妙：「可是這一部份我媽就會看，因爲我對中藥材什麼治什麼完全沒根基，我媽就比較知道。然後我對烹飪也沒研究也不感興趣。」

繡補現在已經很少人做了，一般人也很少會用到這項服務。其實我這一整段想要講的主題是，在人生中，很多事情「其實也沒必要知道」。不過當然，對於什麼有必要知道，什麼沒有，其實是很見仁見智的，無用的常識讓人生變得有味，不必要的了解則讓我們對那人產生親切感。

我們生於世上都有一些事是不想讓人知道的（隱疾、惡習，或者內心世界不光明的那一部分），還有一些事是很想讓人知道的（比如我們的行善義舉，或者只是單純的有什麼長處），但，在了解一個人的時候，往往是那些「知道了也沒關係，但其實也沒必要知道」的事讓你對那人會有更明晰的印象，好比我現在告訴大家我每個禮拜都會半夜叫麥當勞外送，就讓大家對我多產生了一些親切感（好，根本沒有，那我告訴大家我即使到海邊也幾乎不脫下眼鏡呢？有好一點嗎？）；妙則堅持她依然不會念大王的姓（我想她是會念的，只是彆扭勁犯了所以用不會這個藉口來躲過在大家面前念的尷尬感）；妙媽則一直到最近才跟鄰居講說她的女兒嫁給了外國人而且定居在美國，據說是因爲妙媽曾經偷偷的認爲嫁到國外對象又是洋人，可能撐不了多久，出於長者的處世智慧，就沒說，結果掐指一算已經八年了！

雖然知道這些事對了解我們可能沒什麼幫助，但確實因爲這個可以拉近人與人之間的距離。

2.

上一回合我戲言覺得妙最適合的職業是蝙蝠俠，這次談到她的天賦以及最想做的事，再次讓我跌破眼鏡。

妙：「我想過得和男性一樣，我受不了家庭和社會對我女性的要求，我以前野心就大，根本不想相夫教子什麼的。」

個：「那你以前想做什麼？」

妙：「我想在事業上有成就，任何目標項目都可，所以可說是野心不小。」

個：「所以從沒想過會嫁人？」

妙：「有想過，但那是甚至不是次要的東西。」

個：「就是比次要的重要性還低一點，算是三要。」

妙：「我有一陣子的心思只有事業，其他都不重要。我也不孝順父母、沒照顧家人。」

個：「就是說，妳本來很有可能成爲穿墊肩套裝的女強人嗎？」

妙：「那確實是我的想像啊！」

個：「就是會把高跟鞋踩得很大聲……」

妙：「就算回到家是孤寂地自己看著豪華大窗大夜景，默默地滴幾滴眼淚，我也會告訴自己值得……」

個：「是這種！」

妙：「就是這種，別人配不上我沒關係，老子可以養男人。」

個：「有什麼原因讓妳一心想要成爲女強人嗎？」

妙：「天生的野心，還有青少年時期的夢。」

誰能想像到妙的志願是成爲看大窗大夜景的女強人呢？說眞的，我沒想過張妙如女士曾經想過要穿著墊肩套裝！而且我也沒辦法想像她在大玻璃窗前面流下一滴淚的畫面，在我想像之中的她，雖然不會有那種我要相夫教子的老套願望，但也絕對不會是這種女強人的路線。

作者的眞實本性和讀者的想像，乃至於一個人的眞實本性和他人的想像（在某種程度上，我們每個人都是作者，在表達自己的故事），永遠都有很大的差異，我們可能多少都覺得張妙如就是林春麗或懶人Jo，但如果她就像林春麗或Jo，她也不可能到達她現在在的地方（這句話徹底的是英文），所以搞不好她的個性裡也有一點阿惠、一點白玉嬌（甚至是一點我們想都沒想過的誰）。

我記得我遭受到最令我困惑的批評，是我在某個地方寫的東西不夠「個人意見」，這讓我思考了好幾天的時間，因爲我一直以爲我就是「個人意見」，「個人意見」就是我，我做什麼永遠都充滿了我的風格，也正是我的一部分不是嗎？就好像妙這次寫了推理小說，好像有很多人認爲「這不夠有她的風格」、「爲什麼不做最擅長的圖文」，她自己的解釋是，不能因爲我賣挫冰很暢銷，就規定我不准再賣挫冰之餘兼賣果汁看看吧。

我是很同意這句話的，每個人都是立體的（廢話），雖然我們一定有比較好看的角度，但是身爲一個作者，尤其是對自己有一定期待的作者，一定會希望讓讀者也能夠看看自己不同的裝扮和角度，林青霞演電影票房絕佳，但不代表她就不能想唱歌啊。

3.

我覺得這次我們聊到最重要的話題應該是如何面對批評，剛好我們一同受訪時記者問了這個問題，在這裡則是我們一刀未剪的眞心話（也不是說我們當時是胡扯啦，只是在這種msn的對話裡，就更爲直接了）。

妙：「妳記不記得上次我們一起在大塊受訪，本來有個題目是問如何看待被批評這件事（類似這樣），可惜後來沒問到。」

個：「你本來想怎麼回答？」

妙：「我本來的答案應該很高貴，像是不在意了之類的……但是其實還眞是會在意啊！你會怎麼回答？」

個：「就是，希望自己是不會在意的那種人，但私底下還是期望他們去死……」

我必須要百分之百誠實的說，雖然我希望自己是一個冷靜、理智，刀割般銳利但又有深度涵養的人，其實有一部分的我也是一個毛躁衝動心胸狹窄的人，面對批評我也會在內心詛咒一百萬次，幾次比較嚴重的還躺在地上哭（超瘋狂的，我知道），但我把自己從地板上撿起來以後，還是又變成那個我理想中的自己（只是我還是沒辦法省略掉那個排毒的手續，總是要先發點脾氣才能冷靜下來）。

個：「其實我也想過說去向每個批評自己的人吵架，但是我覺得吵那些事情，其實也很難改變對方的想法。」

妙：「當然。人家不見得會理你。」

個：「雖然大多時候我覺得是我對，但是沒辦法改變別人的想法，只好偷偷在家裡扎草人。」

妙：「我希望我能做得到（扎草人）。」

個：「雖然很生氣，但是那也是無可奈何的事，其實我心胸才更狹窄……」

妙：「其實我每次都會自省（雖然百般不願意）。你認爲公眾人物到底該不該受批評？」

個：「我覺得根本每個人生活在世上都會啊！這跟該不該其實沒有關係。」

妙：「我是說，如果把你自己也當作公眾人物（事實上你是啊），那人家批評你，照理說，好像也不是有錯。」

個：「我覺得要看是怎樣的話……」

妙：「你覺得哪種批評是你比較能接受的？」

個：「老實說嗎，其實通通都不行。」

妙：「哈哈哈！眞的超老實耶！錯字總可以挑吧？」

我必須要說，我被挑錯字是一種奇妙的因果循環，我媽做老師，一輩子都在挑人錯字，所以現在大家挑我的錯字，實在是再應當也不過了。有時候批評其實也是一種互動的方式，大家都叫好其實也眞的滿無聊的啦。

個：「當然，如果一樣一樣算，我也會覺得『其實也可以』，但是當然是都不要有最好。」

妙：「其實也可以怎樣？」

個：「就是……其實不管怎樣的批評，好像也都還好，但是需要消化的時間不一樣。」

妙：「喔，我當然是覺得，再大的傷害總有一天也會過去，但是不顧讀者立場的話，我眞的是要說，就是因爲有這些人不斷地來挑剔，作者最後反而礙手礙腳，寫東西不能像一開始那麼自由。」

個：「所以要忘掉這些人。我有一個很喜歡的服裝設計師，他說blog讓他很不安，所以有一段時間，他試衣的時候都裝大螢幕，想知道衣服在電腦螢幕上看起來怎樣。後來他決定管他去死。」

妙：「但實質上很難，一旦說出口就像刀出鞘了，就是會傷到。」

那個設計師是我目前最喜歡的設計師之一，Lanvin的Alber Elbaz，他的設計最後不只實際上很美，觸摸起來的感覺很好，其實，在螢幕上的視覺效果也棒透了。

我常常想，創作的人，不管你創作的是什麼樣的東西，總會經歷剛開始初生之犢的勇氣，接下來的虛心求教，和，如果非常幸運又有慧根的話，成熟時的從心所欲。

誠實的說，身爲一個妙迷，能夠參與她往前邁進的每一步，是一件很快樂的事情。

妒忌私家偵探社

Miss Doe Detective Agency

since

2010

妒忌私家偵探社

Miss Doe Detective Agency

since
2010

妒忌私家偵探社

Miss Doe Detective Agency

since 2010

妒忌私家偵探社
Miss Doe Detective Agency
since
2010